世界很小 而你刚好发光

凌小汐 —— 著

you are like a shining star in your world

江苏凤凰文艺出版社
JIANGSU PHOENIX LITERATURE AND ART PUBLISHING, LTD

图书在版编目（CIP）数据

世界很小，而你刚好发光 / 凌小汐著. -- 南京：江苏凤凰文艺出版社, 2016
ISBN 978-7-5399-9634-9

Ⅰ. ①世… Ⅱ. ①凌… Ⅲ. ①散文集 - 中国 - 当代 Ⅳ. ①I267

中国版本图书馆CIP数据核字(2016)第217076号

书　　名：世界很小，而你刚好发光

著　　者：凌小汐
图书策划：马培培　孙　赫
责任编辑：邹晓燕　黄孝阳
装帧设计：吉冈雄太郎
图书监制：欧阳勇富
文字编辑：孙　赫　李　娜
营销编辑：宋涛涛

出版发行：凤凰出版传媒股份有限公司
　　　　　江苏凤凰文艺出版社
出版社地址：南京市中央路 165 号，邮编：210009
出版社网址：http://www.jswenyi.com
发　　行：北京时代华语图书股份有限公司　010-83670231
经　　销：凤凰出版传媒股份有限公司
印　　刷：三河市宏图印务有限公司
开　　本：880 毫米 ×1230 毫米 1/32
印　　张：8
字　　数：150 千字
版　　次：2016 年 11 月第 1 版　2016 年 11 月第 1 次印刷
标准书号：ISBN 978-7-5399-9634-9
定　　价：36.00 元

you
are
like
a
shining
star
in
your
world

目录

PART 2
世界很好，努力才配得到

PART 3
世界很大，可惜与你无关

you
are
like
a
shining
star
in
your
world

PART 4
世界很残酷，更要学着强大

PART 5
世界不完美，也要保持微笑

PART 6
世界很冷漠，偏要活得温暖

PART 7
世界在变，而你始终如一

自序

谢谢你翻开这本书。

此刻我正坐在父亲的病床边，用笔写下这一页。

凌晨5点，窗外即将破晓，病房里尚有轻微的鼾声——父亲睡着了，他蜷在被子里，像个犟脾气的老小孩。一个星期前，他突发脑梗死，一头栽进村里的水沟，然后就躺在了这里。

此情此景，让我想起上一次父亲住院，那时正逢困顿，仿佛是站在无边的荆棘里，焦虑，迷茫，无助。在病床边，我给一位朋友打电话，感叹着“我不知道命运究竟还想给我什么”，难过到哽咽。

时隔多年，这一次，依然是那位朋友，但在说起父亲的病情时，我终于可以从容而体面地回答：“别担心，我可以应对好一切。”

在医院的这些天，从重症监护室到普通病房，每天都能目睹生老病死、悲欢离合，心里却越来越平静，如深流之水，可以将生活的波澜安然接纳。

于是有时也会自问，是时间的力量吗？

这些年，确实改变了许多。朋友们视为“成熟”，而我更愿意称之为“成长”，在这个喧嚣又急切的世界里，我终于一步一步地长成了自己喜欢的样子。

蔡康永有一句话：“时间没有魔法，时间只是拉开距离，让我们能由远处看看自己。因为远看，自己才能抽身成为旁观的人；因为抽身，苦乐才能变成身外的行李，一旦感觉背得很累，就放下了。”

是这样吧，当局者迷。也曾把生活中的坎坷和磨砺归咎为命运的安排，但时间过去，回首来时路，就会慢慢明白，芸芸世界，命运怎知你是谁?

你，才是自己的命运。

少年时不知天高地阔，心里总想着要拥有很多东西，改变世界，拯救人类，成为超级英雄，坐着摩托车风驰电掣地劈开老县城的车流和人群，觉得自己像一把刀，锋芒耀世，无往而不利。

二十出头的年纪，被世界狠狠地打过耳光，也遭遇过自己无情的鄙夷。那时和很多年轻人一样，觉得被生活欺骗，被梦想遗弃，被苦痛蒙蔽，找不到未来的方向，并声称“我搞不懂这个世界”。

然而，你觉得自己苦，其实是还未经历真正的苦。

你感到绝望，不过是没有能力保全希望。

你不喜欢现在的生活，可是你没法选择。

在成年人的世界里，选择不想要什么，会比选择想要什么更艰难。

就像一把刀，有了鞘才能成为真正的器；一个人，看清自己也远比看清世界更重要。

你的生活，就是你的世界。

所以你不用想着去拯救地球，把自己的小日子过顺了，就帮了世界一个大忙。

在这本书里，除却自身情感和生活历程，我也写到了一些身边朋友的故事，她们有着不同的身份和年龄，却有着同样明亮坚韧的精神世界，就像暗夜里的珠光，带给我温润的感动和暖意，还有在尘世中披荆斩棘的力量。

希望你也一样。

世界很大，与你无关。

世界很小，而你刚好发光。

上一本书出版后，我收到了很多读者的来信。有人说："谢谢你，是你的文字让我看到了自己的光亮。"也有人说："希望有一天，我可以成为如你一般的人。"

在此之前，我从未想过自己的文字有一天会给陌生人带来勇气和温暖，一如不曾想过这样的力量会反哺给自身。

很欣慰，文字的意义，莫过于斯。

我知道，这些读者大多还是在校的学生，或是刚进入社会的年轻人，他们和我一样，都曾在茫茫黑暗中独自摸索，寻找光亮的方向。

但人生没有模本，也没有谁的生活值得另一个人去效仿。

之所以能够成为同类，是因为我们都不甘心就此黯淡无光，庸碌一生，让生命成为无望的生存，或是无趣的复制。

我们努力地工作，认真地生活，诚挚地面对这个世界，都是为了可以体面地应对障碍和困苦，安心地享受嘉奖和幸运。

为了成为一个独立的，让自己感到愉悦的人。

为了自己在老去时隔着时间旁观的那一刻，会觉得生命是一份闪闪发光的礼物，“想到故我今我同为一人并不使我难为情”。

如此幸福的一天。
雾一早就散了，我在田园里干活。
蜂鸟停在忍冬花上。
这世上没有一样东西我想占有。
我知道没有一个人值得我羡慕。
任何我曾遭受的不幸，我都已忘记。
想到故我今我同为一人并不使我难为情。
在我身上没有痛苦。
直起腰来，我望见蓝色的大海和帆影。

——切斯瓦夫·米沃什《礼物》

愿生而为人，不虚此行。

凌小汐

2016年5月26日，邵东

PART 1

如果我会发光，就不必害怕黑暗。如果我自己是那么美好，那么一切恐惧就可以烟消云散。

世界很小
而你刚好发光

做自己永远的少女

少女心，不是贴给别人看的标签，而是一个女人的美好内核，勇气的能量场，与世界温暖相处的姿态。

S说："人人都想做自己的女王，我却想做自己的少女。"

十三岁，坐在被窝里用针线改良妈妈留下的旧棉衣。掐上腰，衣摆处缝上小小的毛线花，于是，再寒冷的冬天也能穿出夏花的明媚。

十四岁，和小镇上的女孩子偷偷地去水库学游泳，差点呛死。爬上岸后，躺在草地里看漫天的云霞，心潮起伏，却没有惧怕。

十五岁，一个人骑着单车去城里看电影《泰坦尼克号》，回来时在星空下张开手臂，哗啦啦地飞驰，夜风鼓荡，我心永恒。

十六岁，与欺负同学的小混混打架，随手抄起的一块砖头，让爸爸赔了几个月的工资。

十七岁，暗恋一个人，鼓起勇气去表白，对方一句“考上某大学，我等你”，一年时间，让她的成绩从班上中等飞跃至全年级前十。

十八岁，在火车上迎来自己的成人礼。背包里放着一本三毛的书，她喜欢那个直率又浪漫的才情女子，为了寻找梦中的橄榄树，曾走遍万水千山。

她的书桌上，摆着一张泛黄的照片——清瘦的女孩子，扎着马尾，靠在一辆单车上，头顶是葱茏的树影，脸上是明亮纯真的笑容，眉目间藏着英气。那是她的少女时代。

如今，她的脸上已经有了些微的岁月痕迹，但气质上依旧完好地保留着少女的率真和勇敢，就像拥有了一种坚定有力的能量，不会因时间的流逝而消散。

就连她的声音也保持着青春年代的清亮甘甜，时常会让我在挂掉电话后恍然，想着是不是时光倒流了——绵长的黄昏，流云飞渡，隔壁的女孩子正约我去县城看电影，我们说着某个明星又出了最新的卡带，一定要去买一盒。

她是我记忆中永远的少女，热爱生活，不怕失败，相信爱情，从十几岁，到几十岁，都一样。

这些年，很少有人知道，她光鲜工作的背后，摔过多少跟头，因为有时候，她自己也会忘记。“你看，还有那么多的未来等着我去征服。”她的表情则让我想起她那年备战高考时的狠劲，勇往直前，永不服输。

然而，并不是每一个人都有能力守护好自己的少女心。

比如我，十几岁学单车，怕摔，现在，还是怕摔；十几岁学游泳，怕死，现在，还是只能狗刨。三十岁一过，就恨不得每天往自己身上贴一个标签，叫嚷着：“唔，我老了。”

S说：“你啊，少用这个‘老’字为自己开脱。”一语中的。

是啊，不过是开脱。你说你老了，不是不行了，不能了，而是不愿了，不敢了。你相信自己老了，你就真的老了。这不是自欺，而是自励。或者，也可以说是自律。

如果你按照一个少女的标准来要求自己，那么跌倒了，就要迅速地爬起来，不怕受伤，不怕失败，明天永远崭新——少女总是打不倒的。

伊能静有一句话：“保持对生命的好奇和信任，需要更大的能量，正是因为冷，所以才努力保持温暖。”

她能做一辈子的少女，不是因为优渥的出身、娇美的外貌、玲珑的身材，而是因为她一直在努力，像少女时一样，从未放弃过让自己拥有守护单纯的能力。在冷漠而残酷的世界里，她活得明媚、英武、果敢、善良，活成了自己喜欢的样子，不惧怕旁人的眼光。因为她的内心里，有一枚温柔有力的“少女核”。

记得从前看电视，五十几岁的刘晓庆演一个十几岁的少女，眼神里绽放出来的光，竟无一丝的沧桑和疲态。

那不就是少女的眼神吗？明亮，干净，灵敏，无所畏惧，对外界永远保持着期待，那也是珍珠和死鱼眼珠的区别。

而很多的演员，演得连自己都不信，妆容未老，心就先认老了。在心里过不了自己那一关，观众自然不会信服。

什么是少女心？

“如果我会发光，我就不必害怕黑暗。如果我自己是那么美好，那么一切恐惧就可以烟消云散。”

少女心，不是贴给别人看的标签，而是一个女人的美好内核，勇气的能量场，与世界温暖相处的姿态。

你守护它，它就可以滋养你的容貌和精神，从而不必假借外物，就能自带光芒，做永远的少女。

一个人，应该活得是自己并且干净

余生漫漫，能和值得珍爱的人共度，是福气；若只能一个人独享，也不会有什么遗憾。

1

第一年。

在结束了一段很多年的感情后，她第一次来到这座城市。一个人，拖着巨大的旅行箱，在街边走到鞋子坏掉，像一只狼狈的蜗牛，一点一点地挪动壳和身体。好在城市足够大，人海汹涌，车马喧嚣，没有谁会凭空关注你，把一个人全部的悲喜砸进去，也溅不起一丝水花。

南方城市的春天，湿气极重，仿佛每一寸空气都有了重量，压得人透不过气来。在这寸土寸金的地方，她的容身之处是一间没有窗户的小屋子，一张床，就是全部的家具。墙上一把老旧的换气扇，也只是吝啬地从风叶间，泄露秘密一样地，透出一两道光线。

每天清晨，为了能够稍微从容一些地使用公共卫生间，她需要很早就起床，然后乘坐第一班公交，穿越小半个城市，去某座摩天大楼里上班。因为没有相关行业的工作经验，她只得从实习生做起，薪水很微薄，但勉强能养活自己，还不算太糟。

她工作很努力，经常加班到很晚。有一天下班前，领导表扬了她。走在霓虹闪烁的街头，回首看着公司大楼时，她突然感觉，这座城市也不是那么冷酷得不近人情。回家的路上，遇到花店正在打折，她给自己买了一束康乃馨，插在床头，清淡的香气很快溢满了整间屋子。

只是，关节炎的症状在加重。或许跟地域环境有关，整个春季的深夜，她的膝盖都在疼。就像蛰伏在身体里的小虫子都苏醒了，它们在骨头里拱来拱去，偷偷摸摸地撕咬啃噬，让人不得安宁。每当那样的时刻，她都特别想把膝盖骨拧开，就像拧瓶盖似的，看看里面的零件有没有缺斤少两，或者干脆往里面倒杀虫剂。

不像在原来的城市，同样的病症，不一样的痛感——之前的疼痛，偶尔发作，却是沉钝的，像石头或铅灌进身体里，笨而重，而在这座季风性气候的城市，疼痛则变成了一种“动物型”的，狡黠得很，真是难以对付。

其实比关节炎更难以对付的，是那些扑面而来的往事。有人说爱情是个“前人种树，后人乘凉”的事情，不经意间，她竟也成了那个种树的人。

原以为，自己会寻死觅活地对待——毕竟是那样掏心掏肺地爱过，山盟海誓、百转千回到只差一纸婚书的感情，从大学，到就业，七年的感情，岂能甘心拱手让人？

但是没有。在决定离开的那刻，她就清醒了。人心，变了就是变了，你付出再多努力又如何？爱情是这世间唯一不可靠打拼得来的事物。

好在工作可以。很多时候，她都觉得自己像一个孤注一掷的赌徒，坐在生活的对面，红了眼地想赢回一些爱情之外的东西，而她的筹码，就是一颗年轻无畏的心。

2

第二年。

她加了薪，还小小地升了一次职，已经租住得起带厨卫的单身公寓了。搬家的那天，正值盛夏，阳光热烈得不像话。她拖着那只巨大的旅行箱，走在街道上，头顶的法桐树树叶遮天蔽日的，浓稠的绿意把天空映衬得格外透明。

新的住所里有一张书桌，放在玻璃窗前，淡紫色的窗帘堆在上面，像一团柔和的云。窗外有一株高大的香樟，细碎的枝丫间结满了苍翠的小果子。

不用加班的周末，她会一点一点地往小窝里添置家什和物件。比如书籍，一本一本地码在书桌上，可以陪伴她很多夜晚；一些粗陶的花盆，是她从二手市场淘回来的，可以种植多肉；还有一个大大的枕头熊，憨头憨脑的样子，跟它倾诉再多的心里话，它也不会告诉别人。

工作依旧很忙碌，跟客户交涉，整理资料，做企划案，一切都要做到更好。经常下班时已是夜深，同事所剩无几，她在电脑面前起身，腰酸背疼地站在空旷的办公楼层里，俯瞰这座金粉奢靡的城市——川流不息的街道，彻夜不眠的霓虹，每天都有那么多的人怀着一腔热血，勇敢地寻梦而来，每天也都有那么多的人在残酷现实的打击下默默铩羽而归。

有时，她也忍不住问自己，这样拼命工作是为了什么。是为了内心的骄傲而去争那一口爱情之余的气吗？或许是，或许又不是。毕竟人活着，最终还是为了自己。

每天，乘坐早班地铁去上班，穿越密林一般的人群，世相百态，尽收眼底。与之擦肩的每一个人，口袋里都装着故事，那些故事汇集成了城市的表情，于是，在与其对视的时候，便不会显得那么苍白无依。整装待发的上班族，拿着手机哼唱的少年，满脸皱纹的流浪者，目光如炬的背包客，还有拥抱着在一起的小年轻——他们肆无忌惮地拥抱、抚摸，女孩子涂着猩红的唇彩，在男生的脖颈处留下吻痕。

她想起自己的学生年代，爱情大过天的年纪，怎么炫耀都嫌不够。

那个时候，她会穿着打折的裙子，牵着喜欢的人招摇过市，放声歌唱，柔声念诗，笑起来就像只幸福的小母鸡——“你来人间一趟，你要看看太阳，你要和你的心上人，一起走在大街上……”

那个时候，如果有梦想，那也不过是，毕业后去他的老家。那里有绵长的边境线，有大片的薰衣草花田；那里的阳光很充足，姑娘很貌美，小伙子的眼神深邃又柔情。然后，她要给他生一大串孩子，天气一好，就系着花头巾，带着一窝小崽子出来，站在墙根美美地晒太阳。身后的牛羊很肥，花草正香……

那个时候，他会紧紧揽住她的腰，细致地吻她。头顶艳阳如火，她闭上眼睛，能听到骨头里水声澎湃。

那个时候，爱恋正浓，生死无惧。

而如今，站在熙熙攘攘的城市街头，阳光普照，仿佛置身于宇宙中央。时间流转，每个人都是一颗星辰，有的灿亮，有的晦暗，有的硕大如天灯，有的渺小如微尘。她会饶有兴致地想：自己是哪一颗星呢？

至于那些原以为会一辈子刻骨铭心的爱，以为稍一牵扯便会伤筋动骨的回忆，隔了经年再想起，却已经是很遥远的事情。

诚然，在这世间，生比死更需要勇气，平静比欢愉更恒久。

3

第三年。

她开始为自己做饭，不是单纯地果腹充饥，而是很用心地去烹饪。

在凉雾流动的清晨，去菜市场买新鲜的菜蔬，寄放到冰箱里，然后在灯火辉煌的黄昏，系上围裙，慢慢地炖一锅羊肉汤。肥美的菌子，青翠欲滴的蒜叶，食物交杂的香气氤氲在小屋子里。玻璃上雾气蒙蒙，她一手拿着汤匙，一手捧着书，顿觉生活鲜美。

窗外的树叶，落了一次，又长了一次。她捡了一枚做书签，在上面写下顾城的句子：一个人，应该活得是自己并且干净。

不觉间，来到这座城市已有三年。树叶落了又会长出新的，身体里的心死去一次，也会生出新的。

这个城市的冬天，是出了名的湿冷难熬。夜间，她煮了花椒水泡脚，据说可以祛除风寒，虽然见效很慢，但只要坚持，就会有意想不到的收获。这是一位老中医告诉她的，她相信。

还有艾灸。每天入睡前，折一段艾条点燃，放在灸盒里面，再把灸盒绑到膝盖上。带着植物香息的热流可透过皮肤，渗入骨髓，关节的疼痛真的舒缓了许多，后来竟渐渐察觉不到。

艾条是老中医亲手制作的，陈年的大叶艾，收敛了燥气，碾成细细的艾绒，加入药粉，用桑皮纸裹紧，卷好，再用糨糊封存。

她曾亲眼见证，老中医用艾灸的方法帮一位姐姐纠正了胎位，让其顺利分娩出白胖、健康的小婴儿。

那位姐姐，是她在这座城市认识的第一位朋友，曾在殡仪馆工作，有一双极温柔的手。有一段时间，她失眠得厉害，姐姐来看她。她躺在床上，姐姐的手指肚滑过她的太阳穴，犹如春水漫过心尖。那一刻，她闭上眼睛，突然觉得人世间好像有什么东西被自己遗落了，就在这寂静之中，在独自面对世界之时。

这几年，她也不是没有过感觉寂寞的时刻。

比如，夜间摸索着起来倒水喝，听着水在喉管里“咕咚咕咚”流动的声音，沉闷又清晰，觉得微微的寂寞。

比如感冒时，蜷缩在被子里，想起工作中的被刁难，生活中的被辜负，心里冷寂一片。

比如在深夜归家的出租车上，年轻的司机给她点了一首歌，叫《三十岁的女人》，让她听到潸然泪下。她记得那个司机的样子，侧影清秀，声音略微沙哑。可城市那么大，她再也没有遇见过他。那夜的情景，像一个美丽的梦。

有一段时间，她喜欢上一档网络电台的情感节目。主持人的声音很好听，清甜，不让人讨厌的暧昧，还有一丝丝韧性，在暗夜里向耳膜传递着爱情的讯息——“我回忆完关于你的一切，犹如去赴最后一个与你的约会，而后天南地北，再不可能翻开。这几笔写完后，我就要钻进被子里面再梦一场，希望依然荡气回肠，有笑有泪。”

她回味了很久，却到底还是觉得寂寞，好像站在真实又无法触及的风中，两手空空。

但生而为人，就具有天生的修复能力，就像身体里的细胞有着强大的再生功能，这是一种防御的本能，也给你自愈的力量。

谁的生活不是百炼成钢？谁的爱情不是久病成医？你曾赐予我的软肋在这时间与思念的熔炉里，千锤百炼，也终成铠甲。

后来，她不再失眠，也尽量不熬夜，不让自己生病。好好吃饭，爱惜身体，天冷了就加衣，工作到再晚也要坚持泡脚，做艾灸，然后敷一张面膜，让自己活得更体面一些。

一个人的状态，没有那么完美，也没有那么糟糕。如同一只两栖动物，在茫茫人海的外界，或是自成岛屿的公寓，在世界与个人之间，她已经可以游刃有余地切换。

如此，一年，两年，三年，或许，更久。

好在，二十七八的年纪，她的心里留存着少女的纯洁，也早早获取了中年的自持，能够温柔地爱着自己，也可以坦荡地应对这个世界。余生漫漫，能和值得珍爱的人共度，是福气；若只能一人独享，也不会有什么遗憾。

夜色寂寥，窗外飘起雪花，有冉冉的光斑，浮动在房间里。她倚在床头，想到圣诞节又快来临，明天要去商场给一个可爱的小朋友挑选礼物，也是一件愉悦的事情。

或许不久，又或许很多年后，她也会遇到一个人，他们之间，没有轰轰烈烈、山盟海誓的过去，却有踏踏实实、山明水秀的未来。每一个夜晚，都会拥抱着入眠；每一个清晨，都在期待中苏醒。他们一起为生活打拼，为彼此加油鼓劲，一起吃饭、旅行，像旧友一样谈心。如果还没有老掉牙，就生个可爱的孩子，等他长大后，还可以跟他讲爸爸妈妈的故事……

夜渐深，她伸手熄了台灯，给自己掖好被子，就这样想着，笃定又安然地睡去了。

一腔孤勇地爱过，两情相悦地活着

波澜壮阔的旧梦，已换成了看山的岁月；一把平凡握在手中，迟来的幸福比海深。

1

五年前，我与小鱼初识。

那时我们都在博客上混迹，每天做夜猫子，经常深更半夜还在网上出没，发文章，回复评论，碰头了就发个纸条相互打招呼，很有些“你不是一个人在战斗”的戚戚感。

不过，虽然都是写字，但我写的东西多是依照杂志编辑的要求，什么风格、多少字数都定好了，全为稻粱而谋；小鱼则不同，纯粹是为倾诉心声。

小鱼在她的博客里写了一个又一个爱情故事，美好的，温暖的，悲伤的，惆怅的，赚了很多人的眼泪，也包括我。

而故事里的男主角，无不清瘦干净，安稳的气质，温和的眼神，还有修长的手指，指节上有烟草的迷离和清香。

后来我们加了QQ，聊得很熟络了，便自然而然地说到了她的感情。

2

她告诉我，高三那年的一个周末，她在县城的书店第一次读到了某位女作家的书——那是一个与教科书、作文书完全不同的世界，穿棉布裙子的女子，动荡不安的生活，抵死相缠的爱情，冷寂的笔触，美丽的意象……一切都是新鲜的，让她惊讶又着迷，仿佛心里某个角落里沉睡的东西也为之骤然苏醒。从此，她便懂得了爱情。

她说："我在没有遇到爱情之前就懂得了爱情。"

而她的身边，有懵懂的少女，有顽劣的男生，有古板的老师，还有说着粗俗乡音的庄稼汉，只是唯独没有洞悉她内心并与之倾盖如故的人。

那时，从她读书的小县城到农村的家，中间不过三四十里的距离，却需要辗转几趟车，翻山越岭才能到达。在某次回家的时候，她在尘土漫天的马路边挤进一辆脏乱的中巴，又和一群鸡鸭一起被塞在过道里。当车子颠簸着，路过污水横流的护城河时，她突然就对自己生养的地方感到了深深的隔膜和厌倦。

是呀，一颗敏感、孤独又躁动不安的少女之心，在那样的地方，要如何妥善安置呢？所以，她想逃离，到远方的大城市去。

就像书里勾画的那样，有清朗温柔的男子，有地铁，有大海——月夜里，海边有蔓延得像白色梦田一样的沙滩，灵魂是脱去衣服的孩子，心里有温柔的水声跟着潮汐起伏……

不久后，她参加高考，考上了市里的一所二本院校。四年的大学生活，在旁人眼里，她算是一个不折不扣的好学生，安静，懂事，不恋爱，认真学习。然而没有人知道，她不过是没有遇到让自己奋不顾身的人。身边的男生那么多，心里的火山也埋了那么久，却始终没有一个人能让她一见倾心，石破天惊。

毕业后，她不顾家里的阻拦，执意要去沿海城市找工作。那是她向往的城市，到处都是摩天大楼，街道边种满榕树、棕榈树、椰子树、凤凰木，空气里弥漫着杧果的香气。到了夜间，整个城市的霓虹都在流动，犹如银河倾泻；海风也十分温柔，像附耳的情话，让人莫名地心动。

一切都是陌生的，但正是因为未知，才蕴藏了无限可能。

3

在一次人才招聘会上，她见到了某家公司的部门经理F。那个男人英俊，谦和，手指修长，把一件白衬衫穿得极为好看，也符合她对多年来等待的恋人的全部想象。

那一天，她只投了一份简历出去。看了她的个人简历后，他向她提了几个简单的问题，她滴水不漏地应答，心里却是金戈铁马。

但好在他很快向她伸出了手掌："很高兴你能加入，我们的公司刚刚起步，以后你可能要多吃些苦。"

"可是，能有多苦呢？不过是多加点班而已。再说，和自己喜欢的人在一起工作，我从未觉得累过。"小鱼叹息道，"工作的苦，难及思念之苦的万分之一。"

入职后不久，小鱼就听说了F是有家室的，而且，他和他太太的感情非常好。

但这好像并不妨碍他在公司所受到的欢迎，一个有能力、有魄力、有魅力的年轻男上司，不管是单身的姑娘，还是已婚的女人，都愿意与他共事。而他，也总是能游刃有余又点到为止地处理好各种各样的人际关系，只要振臂一呼，就会八方响应，为他打拼出骄人的战绩。

有一次周末部门聚会，在海边，大家燃起了篝火，一个一个地轮流唱歌。F唱的是《富士山下》，歌声如诉，美得一塌糊涂。朦胧的椰子树下，海风吹起他的衣衫，仿佛整个世界都要随之遁逸而去……

前尘硬化像石头
随缘地抛下便逃走
我绝不罕有
往街里绕过一周

我便化乌有

你还嫌不够

我把这陈年风褛，送赠你解咒

她听得痴了，到了收梢的部分，泪水竟淌了满脸："F啊F，你在我心里种下的这个'情字咒'，又要怎样解？"

然而，那涌到唇边的话终究被她生生咽了下去，因为她看到，一曲唱罢，F已悄然退至一边，去给家里人打电话。他点了一支烟，光脚踩在沙滩上，轻轻地说笑着，眉目间柔情涌动。

她远远地看着，满目天涯。

4

散场时，她偷偷拾取了他的烟盒，拿回家放在枕边。

那天夜里，她第一次觉得，粤语是那样缠绵好听，而F唱歌的那个场景，也成了她无数深夜里痴守的梦境。

她去买同样品牌的香烟回来，想念浓郁的时候，就会点上一根。有时候也不抽，只是看着烟草慢慢燃烧掉，然后在袅袅的烟雾里，落下泪来。

她说："我是真的没有想到，我人生中的第一份爱情，竟然是暗恋，而且，只能是暗恋。就像是毫无希望的一条路，我却一厢情愿地走了下去。但是，《圣经》里说，爱是恒久忍耐，爱是永不止息，爱是恩慈。"

在那样的环境里，她每天都很努力地工作着，并在心里告诫自己，不要用任何方式去打扰他的幸福。

她选择了文字，在网上开了博客，起名叫“飞鸟与游鱼”，开始在一个又一个的深夜，想念着他的样子，写下一个又一个故事。虽然每天都有陌生人来看，但没有人知道她是谁，这样的方式让她有安全感。文字就像一个出口，可以让被想念折磨得日益膨胀的生活，不至于在某时某刻被炸得面目全非。

“难道，你就打算一直这样下去吗？”我打断她的回忆，插嘴道。

“能怎么办呢？我也曾尝试着与其他的男性交往，但到头来都是徒劳，成了浪费时间的事情。两年了，或许，在放下他之前，我都无法接纳另一个人。”她说。

5

然而就在我们敞开心扉畅谈后不久，小鱼就停止了更新。

几个星期过去，几个月过去，几年又过去。茫茫网海，她真的就像一条游鱼那样，转瞬间曳尾而去，消失得无影无踪。

我想联系她，但是连她的真实姓名都不知道，手机号码也没有。我给她在QQ上留了很多言，在博客发了很多纸条，全都石沉大海，音讯全无。

后来，微博兴起，博客式微，原来的很多博友都渐渐荒废了园子。尽管如此，我每次登录博客的时候，还是会去小鱼的博客里看一看。

她的最后一篇博文，标题赫然在目："我在水中写字，一边写，一边消失。"

她的 QQ 头像也黯淡了数年。

在心底，我希望她有一天能回来，又希望她不用再回来——当然最好是过得很幸福，幸福得忘了我。

6

而在前不久的一天，我居然收到了小鱼发来的消息。原来三年前因为父亲去世，她回了家乡，之后就没有再到沿海城市去。

她说："姐姐，谢谢你，惦念了我那么久。我曾经以为，网络上的感情是最轻薄虚妄的，看来我错了。这些年，我换了城市，换了 QQ，也不再回博客，我与跟往事相关的一切人情事物断绝联系，都是为了放下对 F 的感情，开始新的生活。"

"那么，你放下了吗？"我试探着问。

她微笑："放下了，真正地放下了。不是不去想念，而是想起的时候，心里不再有波澜。"于是，时隔三年，她又跟我说起自己爱情故事的后半部分。

那一天夜间，她接到妈妈的电话，说父亲生了很严重的病，已经三个月了，一直没有告诉她。妈妈在电话里哽咽着，小心翼翼地喊着她的乳名，慌乱无助的样子，哪里还像昔日强悍的农村妇女？

挂掉电话，她终于忍不住大哭。她想起自己这么多年来沉浸在小说虚构的感情和意象中，一度打着寻爱的名义出走，真是何等的自私和愚蠢！她曾鄙夷着家乡的一切，恨不能剔骨重生。她曾那样坚信，远方有自己所有向往的东西，包括爱情。她甚至看不到，这世间除了爱情之外，还有那么多值得珍视的人和事。

第二天，她到公司跟F辞职。她也看到了F新换的电脑桌面——他拥着妻子的肩，一起推着小宝贝在海边散步，凤凰木的花瓣落在蓬蓬车上，空气中幸福漫溢。

转身出门时，F喊她：“如果你想回来，这里随时欢迎你。”

她忍住，没有回头。

7

一天一夜的车程，到家乡时，她才感觉到，原来早已入冬。沿着小路往家里走，路边芒花漫天，山坡上的茶花也开得如火如荼。

她恍惚间忆起，自己童年时，最喜欢跟在父母身后，去摘圆滚滚的茶籽，那种茶籽榨出来的油，炒菜分外清香。还有邻家的小哥哥，他们曾在芒花中奔跑，也曾尝过无数茶花的花蜜。

一个月后，父亲去世。作为家中长女，小鱼张罗、操办了一切，事无巨细，亲力亲为。妈妈一夜苍老，弟妹年幼无知，她在灵堂前向父亲承诺，从此之后，定会用尽全力，给家人好的生活。

“那后来呢？有没有见到那位邻家哥哥？”隐约之中，我好像在期待些什么。

“早在几年前，他们全家就搬到了省城，很少联系了……”小鱼发了个害羞的表情，满脸红晕，“不过，现在他是我的未婚夫”。

小鱼继续说：“那次安置好家中，我就去省城找了一份工作。刚开始的时候，还是会想起沿海的种种，想起F是不是从来就不知道我对他的感情。”

不过，已经不重要了。在一次工作聚会上，她居然遇到了邻家哥哥。多年未见，他第一眼就认出了她。后来，他请她吃饭，给她送花；再后来，他向她表白，说愿意一辈子照顾她。他皮肤黝黑，健壮热情，却总有一万种办法把她逗乐。

在他眼里，她还是那个童年时的小姑娘，在山路上走久了，就会扯着嗓子喊：“哥哥，等等我，等等我。”而他，还是那个听到喊声就会转过身去牵起她手的人。

她说：“姐姐，下个月我就要结婚了。”

8

故事说到这里，也算是有了一个温暖的结局。

窗外已经沙沙地下起了雪，对着手指呵气的时候，能看见白色的雾气。掐指一算，过几天就是小鱼新婚的日子了。

我不曾见过小鱼，也不知道生活中有多少像小鱼一样的姑娘，但我总觉得，她离我自己是如此之近——在青春的时光里寂寞起舞，在文字的海市蜃楼中长途跋涉，在爱的无望与妒忌中舍尽虔诚与柔情。

如今，波澜壮阔的旧梦，已换成了看山的岁月，一把平凡握在手中，迟来的幸福比海深。而那位我们都曾深深迷恋过的女作家，也在岁月的润泽、打磨中改了笔名，行文渐暖，以退为进，心守一事过一生。

在这个世界上，有人给你冷寂蚀骨的想念，也有人予你童真般稀有的爱意与温柔，可是又有多少人情与故事，可动地惊天？

一腔孤勇地爱过，是无憾；

两情相悦地活着，是有福。

亲爱的小鱼，祝你新婚欢喜，福泽宽宏，恩慈绵长。

坐在窗边，我取了纸，一笔一笔地涂抹着一朵山茶，遥念小鱼。山茶开在纸上，红色的花瓣，黄色的蕊，喜气洋洋的，仿佛能照见她的童年：

“小时候，也是这样的冬天，有一次，我很羡慕同学手中的那枚糖果，放了学，就尾随其后，只为去捡人家丢弃的糖纸——就是舔一舔糖纸也是好的呀。可是后来，走了很久，也没有捡到糖纸，我就坐在路边哭。

“是邻家哥哥走过来，让我不要哭。我不听，他就背着我去了山里。那时，已经下雪了，针叶松的叶子落了满地，踩在上面，簌簌有声。山中有空蒙的雾气，轻纱一样笼罩在肩头，茶树上也落了雪。花瓣上，树叶上，像撒满了代销店的白砂糖。

“哥哥告诉我，花里面有蜜。他摘下一朵递给我，我舔了舔花蕊，真的很甜，他没有骗我，我一下就眉开眼笑了。

“后来，我们经常去山上摘茶花，有一次，他还被蜜蜂蜇了脸。我一直记得他的脸肿得像猪头的样子，很丑，也很搞笑，脸上还粘着明黄色的花粉。

“那些花粉，像珍贵的金屑。那个时候的世界，是伸出舌尖就能触碰到的甜。”

愿有岁月可回首

一个人，如果有回忆暖着，即便身处暗夜，也不至于怆然独行。

1

在我上小学时，父亲与人合伙，承包了生产队的果园。果园背山临水，腰间有一条小马路通往镇上。山坳里，不时有拖拉机突突地从头顶经过。我很喜欢去那里，因为不仅可以尽情撒野，还可以和丽丽一起玩。

丽丽家就在果园边上。她大我两岁，已经小学毕业了，没有去上初中。在家里，她什么活都干，挑水砍柴，洗衣做饭，放牛喂猪，样样做得麻利。

不用上学时，我大部分时间都待在果园，遇着父亲守园的日子，我就被派去送水送饭。我拎着一只竹篮，里面还放着刚布置下来的作业。经常，我就趴在水库边的草地上，书本摊在面前，看着一只只大头蚂蚱从上面跳来跳去。

丽丽说，蚂蚱是可以烤来吃的，我一听，两眼放光，立马从父亲那里讨来火柴，又扒拉了一堆枯草和树叶，点起了火堆。丽丽很快逮了几只蚂蚱，用尖细的树枝刺穿蚂蚱的身体，然后把它们架在草火堆上。烤熟后的蚂蚱，大腿香脆，吃起来有一股青草的味道。我曾打开过它们的翅膀，那翅膀像小小的折扇，很美。

丽丽有做不完的事，不像我，写完了作业就可以游手好闲。她做事的时候，我就跟在她屁股后面，时不时地搭把手，只盼她快点得空。我对她很是崇拜，觉得她脑袋里装了好多我不知道的事情，比如怎么变美。

我们一起去梨树园里打猪草，那里的梨树长得参天高，从山下一直延伸到山腹，然后与山林融于一体。猪草不一会儿就装满了畚箕，我们就躺在山脚下说话。太阳晒得人犯晕，身边的商陆饱满得要涨出汁来。鸟很喜欢吃商陆，它们在梨树上蹲点，鸟粪拉在树干上，也是白里透红。我们将商陆称为洋红，因为它可以用来做冒牌的红墨水。

而丽丽说，洋红是用来染指甲的。丽丽摘下几串商陆，挤破一粒，把汁液细心地涂在指甲上。她的手有些粗糙，指甲里还有残留的草渍，但她将手指“跪”在掌心，小心翼翼的样子，就像在维护着女孩子天生的精致，让我也情不自禁地要去学她——将像树杈一样打开的手指收拢起来，不再吊儿郎当。看着指甲一个个地由普通的肉色变成透亮的紫红色，整个过程如同经历了一场美的启蒙。

有一次在丽丽家里，她拿出一件妈妈的胸罩——用白色的棉布做成的，没有海绵，腋下系带，罩杯的部分走了一圈圈的缝纫线。她将胸罩戴在身上，套上妈妈的裙子，又找了两双袜子垫在罩杯里。然后，她给我唱戏听。花鼓戏，她唱胡大姐，手持纸扇，眼波如丝，声线婉转。我在一旁听得痴迷，抄了一根扁担，也扮砍樵的刘海。

盛夏的黄昏，我们在井边洗头，用一支“青春”牌的洗发膏。空气中萦绕着好闻的香气，在井水的倒影中，夕阳慢慢收敛锋芒，天边也堆起了软糯的红云。我看着丽丽水盈盈的侧影，就问她：“你长大了想做什么？”丽丽捋着头发，顿了顿说：“我想唱戏。”

村里孩子多，少不了打架扯皮。在我印象中，丽丽总是伶牙俐齿，吵架从不会输。只有那一次，有个顽劣的男孩子说她：“你是捡来的！”接着，一大群孩子起哄：“捡来的，捡来的……”丽丽像中了撒手锏，瞬间就颓然了，垂着脑袋，斗志全无。

丽丽是收养的，她自己知道。从小，她在家中的待遇就和两个哥哥不同，她要做很多的活，得到的却是很少的关爱。但她不怨妈妈，“如果没有妈妈，我小时候可能就饿死在马路上了”。她总这么说。

所以丽丽希望自己快些长大。她说：“我在等十六岁，有了身份证，就可以去南方打工，可以赚钱寄给妈妈，让她高兴。如果钱有富余，我就去学唱戏。要是有一天能登台表演，让我吃再多的苦，我也愿意。”

我说：“我想当大学生，去大城市读书，工作，然后人五人六地回来，穿好看的衣衫，开屁股冒烟的大车。不要拖拉机，要开那种至少一次能捎十几个人的大车，把我爸妈接走，然后谁想去我那玩，都捎上，每次捎一大串。”

那时的我们，还不懂得什么叫梦想，只知道那样说着话的时候，天上的流云倒映在井水的波光里，格外圣洁、温情。心里也似有火焰在跳动，小小的，却茁壮有力，在我们之间彼此照耀，惺惺相惜。

2

我第一次见到小金姑娘的时候，她正在阁楼上煮稀饭。稀饭开了，咕嘟咕嘟地冒着泡，她蹲在旁边，用筷子画着圈搅动着，嘴里哼着一首流行的曲子。

那时我初中刚毕业，已经不打算继续上学了，就去了远房亲戚的手套厂打工。亲戚嫌我年纪太小，我妈说了很多好话，他才勉强答应让我先试试，然后把我领到宿舍。

宿舍是一幢有些年代的红砖房，四周种满了壮硕的泡桐树，枝叶敦厚浓郁，光线幽静，墙脚生长着旺盛的青苔和蕨类。房子被手套厂租下后，简单布置一番，就成了工人的住所。楼下住着生产车间的男工，二楼是阁楼，我和小金姑娘同住一间。

我们都在包装车间做事，作息时间一致，几天下来，就成了朋友。上班时，我就坐在小金的身边，她暗地里没少关照我。在我们周围的都是附近村镇的妇女，由于我们的工资是按件计算的，半成品又有限，僧多粥少，吵架是常有的事。我不敢和人争抢，只好用几只报废的手套偷偷练习，怎样快速地翻转，怎样检查有无破损、漏气，怎样娴熟地打包、盖章。

那时并没有过多的心思，在学校时曾有过的理想早已烂在肚子里，只希望多赚一些钱，好给妈妈看病。

小金比我大一些，左腿微微有些跛，但不影响走路，也没影响她的性格。她性格大大咧咧，嘴巴又甜，和厂里的人个个熟络。没有事做的时候，她就去楼下借书，大多是金庸的武侠小说，拿上来了我们就坐在楼道上，脑袋挤在一起，看得津津有味。

待天色暗下来，我们就早早地躺在竹床上，一人一把蒲扇，不紧不慢地说着话，大多是讲书里的人物和情节。我说我喜欢小龙女，她长得好看，还有绝世的武功；她说她喜欢陆无双，可爱又不古板，还有，和自己一样，都是跛脚的姑娘……有风的时候，窗外的树叶哗啦啦地响，白色的蚊帐在我们身边鼓起来，像帆。

楼下的男工们喜欢打牌，大部分时间都是前半夜吵吵嚷嚷，后半夜鼾声如雷。他们知道如何偷电，经常光着膀子吹风扇。灯光彻夜不灭，从楼板的缝隙里漏出来，夜间我和小金就是踩着那些点点的光斑，绕过楼道，走下露天的阶梯，去附近的菜地里上厕所。

厕所是公用的，和宿舍之间隔着一条泥巴小路。路两旁虫声唧唧，此起彼伏。地里的南瓜藤爬到小路上，长得格外青翠、丰腴，叶片毛茸茸的，时不时地就挠痒我们的脚脖子。

有一天晚上，停了电，天气又热得出奇，我和小金只好到南瓜地里去歇凉。身边萤火虫半明半寐的，煞是好看。一抬头，就能看到旋转流动的星河。马路上汽车的灯光，慢悠悠地扫过山峦，我们并肩坐在一起，听着长一声、短一声的狗叫，小声又轻柔地聊着各自的愿景。

不说话的时候，我们就望着远处。我们知道，山的那边，就是镇上。小金说，她存了一些钱，过两年想到镇上租个门面，开间服装店。她也想过要去南方打工，但父亲去世后，她妈妈的精神就出现了问题，这些年全靠奶奶照顾。奶奶身体不好，走远了，她不放心。

“我妈妈现在就是个小孩子，每天要吃糖。我每次回去都到镇上给她买一堆糖，她见了我就特别高兴，晚上也要我抱着睡。以前她脾气可大了，现在就像个面团一样，成天笑嘻嘻的。”小金姑娘停顿了一下，又补充，“见谁都是笑嘻嘻的。”

“但是——”我想说些什么，又和着唾沫咽了下去。安慰终归是无力的，生活的真实永远高过言语的虚空。

“但是——”小金姑娘扭过头来，眼神灿亮，“但是只要活着，就是好的。人活着，就会有盼头。”她跟我说，也跟她自己说。

月上中天，空气里的温度渐渐降下来，起了夜风，吹得南瓜叶沙沙起伏，如温柔的水波。萤火虫擦着我们的肩膀飞过，在浓稠的夜色中发出微光，呼朋唤友。我们不约而同地张开双臂，就像鸟儿打开翅膀，凉飕飕的风从腋下穿过去，身体也轻盈得要飞起来了。

但我们是冒牌的鸟儿，真正的鸟儿们，那时正栖息在高大的泡桐树上，养育儿女，繁衍生息……

3

“活在这珍贵的人间，太阳强烈，水波温柔。”

离开家乡很多年后，我牵着女儿的手在湘江边漫步。几只白鸟停在江心洲上，支着细长的腿，低头觅食。老渡口边，一条渔船在水波中轻柔地摇曳，船夫坐在船头，打着一个结结实实的盹。

望着粼粼的波光，我教她念海子的诗，一字一句，感触莫名。年少时曾踮脚仰望的幸福，如今，已安然握在手心。

一个人，如果有回忆暖着，即便身处暗夜，也不至于怆然独行。那些曾有缘同船共渡、肝胆相照的陪伴，都是生命里珍要的部分，而在这浓烈的阳光下缅怀过往，更觉山河故事皆情重。

这世间哪一个渺小、卑微的生命不是在努力地活着？或是为了一个儿时许下的璀璨梦想，或是为了一个匍匐于泥淖亦不肯丢弃的盼头。

愿无岁月可回首。

愿有岁月可回首。

愿此后在彼此看不到身影的岁月里，我们都活得熠熠生辉，发出温柔的光芒。

用鼻子谈恋爱的 Z 小姐

气味可以储藏记忆，但如果记忆的瓶子打碎了，气味就会消散。

1

据说一个人的鼻腔里，有几百万个嗅觉感受器细胞，就像一座拥挤的大型城市。

在遇到 Z 小姐之后，我才发现，这“细胞城市”与我们的人口城市一样，每一座都是不同的。尤其与她的比起来，我的这座城市真是太单调、贫瘠了，既不鲜活，又不特别。

Z 小姐有敏锐的嗅觉，如同一种特异功能。比如你前一天吃过某种东西，她还能从与你谈话的空气中分辨出来。

“那除了洋葱土豆饼，还有什么？”我讶异地问她，好像幼年时埋在树下的秘密被人发现了。

"小婴儿的奶嗝和皮肤香气；内衣的背扣被黄昏时的第一层汗液打湿后的味道；难耐蚊虫叮咬的瘙痒，指甲划破皮肤，花露水和洗衣液夹杂在一起，被阳光蒸发，残留下来的气味。所有味道混杂在一起，像十几岁时的亲吻，莽撞又真诚。"她嘴唇上扬，勾起一个神秘的微笑。

那一刻，我突然就想听一听她的爱情故事。

2

Z小姐说，她与现在的男朋友是在一次读书会上认识的。对方是一名插画师，戴着眼镜，脸庞棱角分明，有浓密的卷发，像暴雨过后茁壮成长的小植被，笑起来的时候酒窝里能装下一个春天。

我没有见过那位插画先生，但从她说话时的神情来看，应该是她很喜欢的人。她则打开钱包给我看，里面有一张卡片，画着两个小人儿：一个是Z小姐，眉眼温煦，裙裾飞扬，有着如风过柳的娇媚；一个是插画先生，憨实可爱，白衬衫上打了个绅士的领结。两个人拉着手，站在窗下，整个画面看起来又萌又暖。

Z小姐说，她第一次见到插画先生时就喜欢上他了。因为那天读书会上那么多的人，那么多的男士，唯独他，身上有一种特别的味道，可以瞬间与周遭其他人区分开来。

她跟人换座位，悄悄地坐到他身边，看到他在很细心地记笔记。他的字很好看，笔触绵柔有劲，笔尖在A4纸上发出细微的声响，让她想起幼年时睡在外婆的屋里，半夜醒来耳边响起的沙沙声——春蚕在竹匾里啃食桑叶，空气里泛出一股蓬勃的、丝丝缕缕的香气。

后来他扭过头来，笑着看她，眼神像在春风里苏醒的小池塘，波光粼粼的。那一霎，她心底那块往事的浮冰，好像也在一点一点地化掉，化成潺潺的水流，穿过整个心脏。

“好浪漫的相遇啊！”我感叹道。

Z 小姐也笑起来：“是我主动走近他的。对于爱情，这些年我一直很固执，也很挑剔，但是那一次，遇到他，我一下子就闻出了他身上的味道，就像跟我是旧相识一样。或许那种味道，就叫‘同类’。”

她说，他们在一起，可以看同样的书，听同样的碟，吃同样的食物，谈论同样的话题，一切都默契又温和。经常，他画画的时候，她会在他身边的小凳子上写稿件，间歇时就从后面环住他的腰，鼻尖拱在他的脖子里，然后就会闻到热乎乎的、甘甜的、温存的气息，像儿时舍不得一口吃掉的棉花糖，让人觉得亲切又迷恋。

我忍不住问：“亲爱的，你在用鼻子谈恋爱吗？”

她想了想，答：“这样说，也未尝不可。”

我开始好奇：“那你的嗅觉，从小就这样灵敏？”

她摸摸鼻尖，垂下眼眸，睫毛的阴影打在苹果肌上，像时光里的慢镜头。“不是的。应该说，是我的嗅觉，带给了我第一次对爱情的心动。从那之后，我就发现，嗅觉，倒成了外界与内心之间的，最近也最真切的那条道路。”

3

Z 小姐的第一次心动发生在她的少女时代。

高一时有一次学校周末放假，她坐中巴回镇上的家。就在车子刚发动的时候，有个男生在车后追过来。他也不大声喊司机停车，只是背着书包埋头奔跑。她在心里发笑，真是个呆子。

呆子终于追上了车，小心翼翼地坐在她身边，对她说：“嘿，是你呀。”

她也认出他来，抿嘴笑一笑，算是打招呼。他是隔壁班的班长，学习很厉害，上次期中考试，她就是因为比他少一分，而不得不屈居全校第二。

柏油马路上，车子开得像要飞起来。夏日的余晖照在车窗上，拉起一道道冗长的光线，黄昏时的热风也一阵阵灌到车厢里。

然后，她就闻到了他身上的味道，清新甜蜜的香皂味，还有淡淡的少年的汗味，好像和她之前闻过的气味都不一样。那一刻，她心里对他尚有的一点点小嫉妒也随之烟消云散了。

后来车子在半路突然坏掉，司机说修理需要很长时间，至少一个小时以上，于是就有人下车步行，有人骂骂咧咧地等待，也有人干脆站在路边等下一班车。

“要不，去我家坐一坐？”他试探着问她，“离我家不远了，走路几分钟就可以到。”

她看了看手表，犹豫了一下，竟然答应了。

她跟在他后面，沿着马路走了一小会儿，折了个九十度的弯，就看到了一处小院。三三两两的红砖房子立在山脚下，围着一块水泥坪，几个小孩子在坪里踢毽子，见了他就开口叫 ×× 哥哥。

他从书包里摸出钥匙，开了门，请她进去坐。她有些拘谨，把书包紧紧地抱在胸前，坐到墙角的沙发里，开始打量四周。很干净的屋子，有艾草与苍术燃烧过的香气，头顶一把三叶吊扇，正打着旋，掀起凉风阵阵。

他告诉她，他的爸爸长年在外做生意，一年也回不来几次；妈妈应该是打牌去了，等太阳完全落了山，也就回来了。

他自顾自地跟她说着话，又从冰箱里端出半边西瓜放在桌子上，然后取了两只瓷调羹，和她一人一只，对她说：“来，我们吃西瓜。”

她不说话，也不推辞，就那样和他头顶着头，沉默着，一勺一勺地挖西瓜吃。西瓜微微的串了味，但不影响口感，甜沙沙的，吃下肚后瞬间觉得清爽舒适。挖西瓜的时候，有一次两个人的手背碰在了一起，他笑起来，她却很快弹开了，脸上一热，眼睛不敢看他的脸。

吃完西瓜，她提出时间不早了，应该早些回去，于是转身就往马路边跑。他也跟着追出来，几步就追上了她，然后说："我陪你等车。"

暮色轻薄的马路边，他站在她的身旁，时不时地跟她说起一些学校里的事，一直到车子修好，又目送她离开。

那天过后，在学校遇见时，她再看他，再想起他时，俨然已是与往日不同的感觉，就像捂了一个隆重的秘密，只是一切都没有说破。

她会在本子上把他的名字写很多遍，也会在内心暗暗期盼他路过教室。他也送过她很多明信片，摘抄了一些不浓不淡的歌词，每次周末放假的时候，会假装巧遇与她同车。

只是，车子再也没有坏过了。

4

高二时，他突然很长一段时间都没有来学校。她找同学去打听，说是好像他家里出了事，他爸爸没了。

再次在学校里见到他时，他好像整个人都变了，不爱笑，很低沉，也没有再给她送过明信片。她很担心他，于是鼓起勇气，写了小纸条，约他晚自习后见面。她在教学楼下等了很久，他才出现。见了她，他也不说话，只是紧紧地抱着她，脑袋伏在她的肩头，小声小声地哭。

他的成绩也迅速下降，到了高三时，干脆退了学，外出打工去了，从此之后，再也没有联系过她。而她，则继续在学校里充当好学生，为考上心仪的大学做最后冲刺。

学校的红榜里，她的名字一直稳稳当当地挂在第一名，被一大片羡慕的目光围绕着，但她却没有多少骄傲和快乐。没有人知道，其实随着他的离去，她的内心已经变得不再完整。那凭空缺失掉的一块，很多年过去后，也没有再长出来。

倒是她的嗅觉，好像突然就变得敏锐起来。尽管第一次的爱情，闻到过，感受过，又失去过，但那种凭借气味来解读事物情感的能力却真切地保留了下来，以至于后来只要闻到某种气味，就能准确地分辨出与之相关的种种脉络。

5

很多年前，她在一座城市出差，遇到一家香水店，琳琅满目的小瓶子里装着各种各样的故事。

店员告诉她，店里的香水有好几百种气味，自然的，植物的，果蔬的，食物的，酒类的，情感的……比如巴黎雨后的街道，疗愈失恋的小苍兰，静雅醇厚的沉香木，甜美活泼的橘子，午夜的鸡尾酒，十六岁的初吻……末了，店员又带着职业性的微笑问她："小姐，你要哪一种？"

她对着店员喃喃而语："六月黄昏时的中巴上，男孩子干净的汗味和香皂残留；艾草和苍木燃烧过后，西瓜在风扇下散发出的水汽和甜蜜；明信片上，少年皮肤的余温和欢喜；五月的空气里有落花的暗香，泪水的咸味打湿在少女的肩头……"

"真的有这种香水吗？"停顿的时刻，我柔声问她。

"没有。"她说，"科技是神奇的，可这世间毕竟没有一条时光的原路去供你返回呀。”

Z 小姐继续说。后来她回老家县城办事，期间去看望了一位同学，无意中竟听到他的消息。他退学后去沿海打工了，后来又做了生意，再后来又赔了，过得潦倒。如今他已经结婚了，就住在县城的菜市边，开了一家生鲜店。

她见到他的时候，他正在店里给顾客剁排骨，光着膀子，皮肤黝黑，身材也走了样，只有脸上的轮廓，还依稀残留着少年时的影子。他的老婆，一边喂孩子吃奶，一边麻利地给顾客找钱。她身上穿着一件肥大的绵绸衫，领口露出的那一节内衣肩带已经旧得看不出原来的颜色了。

“我以为，有一种感情，只要一直珍藏着，就不会失去。我以为，自己还可以等待，却不知已经永别。”

“气味可以储藏记忆，但如果记忆的瓶子打碎了，气味就会消散。”

“是的，是我自己亲手打碎了那个瓶子。”

6

那次从老家回来后，Z 小姐就开始想要谈一场新的恋爱了，一场不需要依靠气味和记忆的恋爱。

但她的鼻子依旧敏锐，依旧能够准确无误地闻香识人。她相信，在眼睛看不见的地方，嗅觉可以拂去珠光上的蒙尘；在耳朵不能清净的时候，嗅觉能让内心听到最真实的声音。

所以，在选择男友时，对方的举止言行必须对味。毕竟，她虽然渴望爱情的气味，但宁缺毋滥。

她也相信，总有一天，她的鼻子会为她找到一个合适的人，就像是上天为她量身定制的一样。在那个人面前，很多话，你还未开口，他已经心领神会。和他在一起，有乍见之欢，也有久处之爱。他给你温暖的情意，你赠他珍贵的懂得。于是，后来的后来，插画先生就来到了她身边。

一个跟嗅觉有关的爱情故事就此收梢，但余味依然萦绕在我的心间，久久不散。谢谢你，亲爱的 Z 小姐，那一日，征求了你的同意，把你的“气味故事”写了出来。如此，便可以告诉更多的好姑娘——如果有一天，遇到了对爱情挑剔的人，请不要埋怨，也不要立即扭头走开。给他一点时间，也给自己一个契机，因为他所有的挑剔都是为了更好地辨识和相认，然后，穿越五味陈杂的人生，惊涛骇浪的人海，打开怀抱，径直向你走来。

做一个不凑合、不打折、不便宜、不糟糕的好姑娘

为何活着活着，我们的工作就成了被迫，生活也过成了凑合。

1

一直想写一写朵拉，她是住在我隔壁城市的一个姑娘，也是让我一想起就感叹造物神奇的一个存在。

我还记得两年前第一次见她时的情景。那天，两个小时前，我们还在网上聊一部新上映的影片，两个小时后，她就出现在我家小区的大门口。我飞奔出门去接她时，她正从车窗里探出一个“爆炸头”，向我用力地挥着手。

我又惊又喜，与记忆里她发过的照片对比之后，还是忍不住问：“朵拉，是你吧？”

她爽朗一笑，朝我一拱手：“见过小汐姐，正是鄙人。”

“那快上我家去，正好到饭点了，我做饭给你吃……”

我激动地坐到她身边，正欲领她进去泊车，谁知她竟然效仿王子猷，说是要立马回去。

“下次吧，今天我就是突发奇想，一时兴起，想见见你，这会儿见到了，也就遂了今天的兴致，不如先回家去啦。”

然后，她就那样把我和我刚说出口的“你小汐姐厨艺还不错”那句话抛在了大门口，继而在我目瞪口呆的神情中，一踩油门，绝尘而去。

没想到，几天后的一个周末，朵拉姑娘还真的又过来了。依旧在大门口，我去领她，大老远的她就朝我喊话：“喂，你不是说要做饭给我吃嘛，我饿了。”

我一拉车门，就看到副驾驶上放着一束扶郎花。她冲我一笑，道：“别看了，就是送给你的！”嘿，小姑娘还真是浪漫。

上楼后，我在厨房里给她煎鸡蛋饼，顺便把冰箱翻了个底朝天，琢磨着要怎样才能弄出几个花样小菜来，可不能让她看扁了我这个资深家庭妇女的厨艺。

她也不闲着，在客厅帮我伺候小孩，上蹿下跳，使尽浑身解数，终于把几个月大的小屁孩逗得咯咯大笑。见状，她立马童心爆棚，冲着厨房跟我说：“话说你家小孩真好玩呀，真想借走陪我玩几天。”

我一激灵，吓得锅铲差点儿掉到地上，生怕她兴致一起，上一秒还在摇晃奶瓶，下一秒就将小孩打好包，丢到后备厢里借走了。

待我一桌子饭菜准备好，她居然把小屁孩哄睡了。她咿咿呀呀地哼着儿歌，半跪在床上，给小孩掖被子。若非亲眼所见，我还真不敢相信这是一个九〇年的“爆炸头”小姑娘会做的事。

饭桌上问起，我才知道，她上大学时曾在福利院做过两年义工。她嘻嘻哈哈地描述着：“遇到过一个特别淘气的小孩，喜欢恶作剧，比如把大伙的鞋子全灌满水，还真是有我小时候的风范啊！后来我跟他称兄道弟，很快就把他收服了。说真的，照顾小孩确实是一件非常磨炼意志的事情，但是也能收获到很多感动和快乐。”

她说得兴致勃勃，我只能不停地给她夹菜。作为一名长期奋斗在带娃一线的人，那一刻真是十桌子的饭菜也无以表达我对她的崇高敬意。

她也不客气，夹进碗里的菜都照单全收，接着还打了个响亮的饱嗝——对一个厨娘最好的赞美，就是把她烧的饭菜吃得只剩下盘子。

2

第三次见面，是去年秋天的某个午后。顶着一头“非洲玉米辫”的朵拉姑娘直接在楼下嘀嘀嘀地摁喇叭，问我可否赏脸去她家吃晚饭。

我欣然前往。在她的后座上，我家女儿已经会喊“阿姨”了，并且显然对阿姨的发型很感兴趣，眼睛滴溜溜地盯着那一股股的小辫子，还有辫子末端的那些五彩缤纷的小玩意儿。

“宝贝，不要叫‘朵拉阿姨’，要叫‘朵拉姐姐——’”朵拉对着后视镜眨眨眼睛，“人家不是还没结婚嘛。”转瞬间，她又变戏法一样地从身后拿出一个毛绒玩具大象来，将小屁孩逗得心花怒放，“姐姐姐姐”叫个不停。

路上闲聊时，朵拉告诉我，现在她一个人住。数年前她在市区买了一套六楼的房子，当时送了个七楼的阁楼。后来她把六楼租了出去，自己平时就住在阁楼里，稳稳当当地做包租婆。

“唔，好精明的小算盘啊！”我打趣她。

她嘿嘿一笑，接着说：“我大三时，老家的房子被市政府拆迁了，赔了一笔钱。那时我爸爸已经过世，妈妈重组了家庭，条件还不错。我嘛，便成了直接的受益人。不久后，我用那笔钱付了现在这套房的首付，又做了点儿小投资，再加上工作后的收入，这些年，玩得还算尽情尽兴。”

两个小时后，我们到达朵拉的阁楼。几十平方米的地方，就像童话中小魔女的住所——原木地板，大大的天窗，稀奇古怪的玩具和植物，一只黑色的猫，夕阳的余晖径直降落在头顶。而当她穿着裙子，趴在栏杆上远望祖国的大好河山时，我又想拿把扫帚给她，看她是不是真的骑上去就能飞起来。

虽然朵拉姑娘没有飞起来，但是那天她准备的晚餐同样让我疑心她是不是真的拥有魔女的本领。不到一个小时，她就在厨房忙活出了大大小小十来个菜，全程还不让我帮忙。

吃饭时，她给我倒了一点红酒，又给小屁孩榨上果汁，然后放上音乐，把“猫女王”摊在腿上，一顿饭吃得既有滋味，又有情调。只是，从此之后，我再也不敢在她面前提“厨艺”二字了，真是羞煞人也。

秋夜微凉，满窗明月下，我们说着三两闲话，只觉时光安然，人心温软。我也知道她的工作是网游设计师，一个听起来非常酷炫，实则异常辛苦的职业，所以不免有些好奇，然后就问了不少“会不会太辛苦”“有没有很枯燥”之类的问题。

她顿了顿说：“说不辛苦，肯定是假的，加班熬夜是经常的事儿，传说中的‘把女人当男人使唤，把男人当牲口使唤’的行业嘛，这或许就是同行女孩子很少的原因。但是，也不会觉得很枯燥，因为这是我从小的梦想。”

“童年时，家里因爸爸的生意欠下债务，我基本上都没有什么玩具。有一次，我去同学家玩，看到同学在打一款叫‘魂斗罗’的游戏，电视屏幕上的小人，有几十条生命，一路闯关斩将，全凭手中小小的键盘操作。当时，我一下就被吸引了，一直在旁边看到天黑。回家后，我立马央求妈妈给我买一台游戏机，可妈妈不但拒绝了我，还打了我，说不会给我买，也没有多余的钱给我买。夜间，我看到妈妈偷偷抹眼泪，念叨我怎么就不学好，说挂心游戏的孩子，哪有成绩不下降的？

“那一刻，我好像突然就长大了，明白原来在这世间，你想拥有什么，就应该依靠能力去获得；你想辩解什么，就必须拿出事实来证明。

“自那以后，我每天放学后就去捡废品，存了差不多一年半的钱，终于买到了一台梦寐以求的游戏机。而在学习上，我也愈发用功了，成绩考得一次比一次好，拿了一个又一个奖状。高考填志愿，我义无反顾地报考了网游动漫设计专业。

那一次，也是妈妈第一次正面支持我。

“大学时，我就认识了我现在公司的老板。他对我的设计很感兴趣，我们经常一起探讨，后来还成了好朋友。

“所以，我的工作就是时刻在做自己想做的事，能从中找到乐趣，也能找到自己的能量场。比如赋予角色生命，一点一点地，从骨骼到服装，从身世到性格。而我则像一个创世主，这是一件很有成就感的事情。

“至于工作强度方面，就是看自己如何调节了。我是一有假期就开着车到处乱跑，让自己完全放松下来。这些年，我去了很多的地方，也体验到了很多不一样的生活，但我不将其称之为旅行，而是晃荡，满世界地晃荡，随兴趣，随兴致。总而言之，尽力享受工作，尽心感受生活，这是我的人生信条。”

朵拉姑娘说完后，我看到她的眸子更亮了，像明镜，能映照天上的星河。我默默在心里给她点了一个大大的赞。

想起龙应台给儿子的家书：“孩子，我要求你读书用功，不是因为我要你跟别人比成绩，而是因为，我希望你将来会拥有选择的权利，选择有意义、有时间的工作，而不是被迫谋生。当你的工作在你心中有意义，你就有成就感。当你的工作给你时间，不剥夺你的生活，你就有尊严。成就感和尊严，给你快乐。”

而朵拉，应该在年少时就懂得了这个道理。这位住在阁楼上的姑娘，有勇有谋，有情有义，看似游戏人生，实则没有荒废生命中的每一分钟。

她是追梦的人，更是与梦想同行的人。在她的世界里，梦想的能量时刻都在流动着，脉脉温存着，给生命美好的补给与支撑。

她很快乐，无论是工作，还是生活。她把人生过成了一场赏心乐事，活得尽力尽心，更尽情尽兴。

老歌里唱着："还记得年少时的梦吗，像一朵永不凋零的花……"放眼这世上的很多人，谁不是在年少时有过热忱的梦想？谁不曾无比向往不将就、不晦涩的快意人生？可是为何活着活着，我们的工作就成了被迫，生活也过成了凑合？无非是少了一些勇气和坚持吧。

屈指一算，我和朵拉又有将近一年未见了。据说，她正在忙着捣鼓自己的工作室，并四处招兵买马，准备独立山头了。

"无论什么时候，都要做一个不凑合、不打折、不便宜、不糟糕的好姑娘。"

于是又想起朵拉，以及与之的相识、见面，遂奋笔疾书此一篇，待第四次见面时，正好可以去换她的晚餐。

活出独一无二的光芒，给自己喜欢

对自己信守承诺的人，理应被这世界尊重。

1

那一天，午后的阳光从玻璃窗子里慢慢渗进来，暖得像老友的问候。我盘腿坐在阳台上，听橘子弹吉他，唱歌。从《Vincent》到《那些花儿》，一首又一首，耳朵和心一起幸福着。橘子坐在我的对面，剪了个短发，小男孩似的。我觉得很有趣，就伸手去够她的头顶，一根根头发精神抖擞，扎得手心痒痒的。

她笑起来，停顿了一下，然后又继续弹唱：

我们的城市，是一座密林
我们点着灯，吓跑黑夜和宁静

黑夜，系着树叶围裙
骑桃花马，爬腾云梯，一口一口，啃掉梦和星辰
…………

我起身给她倒了一杯咖啡，问她：“这一首，你最新的作品？”

她接过咖啡，把吉他横在腿上，说：“是呀，我没事的时候就会自己写一些句子，然后弹给自己听。”

“真好，我很喜欢。”我想了想，觉得她的新发型很像村上春树笔下的绿子，于是就把《挪威的森林》里的一段话说给她。

“嗯……就像在春天的原野里，你一个人正走着，对面走来一只小熊。浑身的毛活像天鹅绒，眼睛圆鼓鼓的。它这么对你说道：‘你好，小姐，和我一块儿打滚玩好吗？’接着，你就和小熊抱在一起，顺着长满三叶草的山坡咕噜咕噜滚下去，整整玩了一大天……你看，我就是这么喜欢你。”

橘子咯咯地笑起来，脑袋腻在我的肩头：“我也很喜欢我自己。”

2

最初认识橘子时，她还是一名大学生，恰同学少年，风华正茂。那会儿，我父亲生病，做手术，我在医院一待就是半个月。期间，橘子的奶奶也病了，正好跟我父亲一个病房。

当时是她送奶奶过来的，办理入院手续，忙前忙后，小小的个子，扎着马尾，背了个大包，看了怪让人心疼。于是，我就理所当然地过去帮了些小忙，顺便就认识了她。

在橘子的家乡，漫山遍野都是橘树。橘子是个幸存的难产儿，一生下来就没有了妈妈。奶奶抱着她，看着门外红彤彤的柑橘，顺口就给她取了名字。

好在橘子也顺风顺水地长大了，一路都没有经历什么灾病。但是等橘子长大了，奶奶就老了，这样的病，那样的病，也全都找上门来了。

奶奶舍不得花钱，先是在家乡找赤脚医生，再又到镇上的诊所，谁知病却越治越重，最后不得不上市里的大医院了。

手术后的奶奶躺在病床上，心疼医药费，也心疼孙女，跟我有一搭没一搭地说橘子小时候的事，总忍不住叹气："人老了，真是个拖累啊。"

橘子就逗奶奶笑，跟她讲学校里的趣事，虽然奶奶听不懂，但她看着孙女高兴，她也跟着高兴。

橘子在市里的一所师范学院上大学，那次是专门请假过来照顾奶奶的。没事的时候，她也不闲着，从包里拿出书来写写画画。她跟我说："就要考试了，我想再加把劲，争取拿个好成绩。"

一天清晨，我看到她坐在窗边背诵英语单词，声音压得很低，很柔，一句一句地，像山溪滑过耳鼓，让人心生温情。乳白色的晨光打在她的身上，又不禁让人感觉到，那样小小的身体里也可以蕴藏无尽的能量。

她说："小时候，奶奶常跟我说，人的力气是花不完的。你看，吃饱喝足，一天醒来后，整个人又是新的了，又获得了新的力气。"

橘子奶奶出院的前一天晚上，我和橘子躺在陪护床上聊天，头挨着头，鼻子里满是消毒水的气味，心里却盛着希望和暖意。那种感觉有些像同一辆列车上的旅人在暗夜里相互陪伴，天亮时就要各奔东西。

那天夜里，我没忍住，就问橘子："怎么没见到你爸爸？"

她迟疑了一小会儿，然后告诉我："我爸爸在我很小的时候就出去打工了，每次回来，他都会给我带很多礼物，还会把我抱起来，顶在脖子上，满村子晃悠。一直到我 10 岁那年，他在外面安了家，算是入赘吧，后来就很少回来了。记得有一次，他带着那边的阿姨和弟弟回来，临走时，他偷偷给奶奶塞了些钱。当时他脸上那种愧疚又害怕的神情，我到现在还忘不掉。那次爸爸走后，奶奶哭了好久。"

"抱歉啊，惹你伤心了。"我很是不好意思。

她微笑起来，用平静的语气轻轻融化了尴尬："没有关系。我不提爸爸，其实是怕奶奶伤心。对于我自己，我理解他的难处。他胆小懦弱，但不是坏人。小时候他买给我的礼物，我每一样都留着。而且，我现在也长大了，可以赚到钱，也可以照顾奶奶，生活得很好，我很知足。"

那天晚上，我们聊了很久。在她的回忆中，很多背后的负重都被她轻盈地一句带过了。如此，也让我愈发觉得，这个姑娘有着与同龄人不一样的品质，像珍贵的珠贝，润泽了自己，又辉映了旁人。

3

是年冬天，记得是快要过年了，有一天夜里我去逛步行街，路过一家专卖店时，居然看到了橘子。

她借着橱窗的灯光，摆了一个小地摊，卖各种各样的水晶饰品——手链，耳环，还有毛衣链。其中属耳环款式最多，一对一对，挂在一棵小小的铁树上，五颜六色的，在霓虹下闪耀得煞是好看。

她看起来生意很不错，一下子就卖了很多手链和耳环。我绕至她身后，拍了拍她的肩膀，说："嘿，需要我帮忙吗？"然后我就和她一起蹲在地上，帮年轻的女孩子们试戴耳环。她们身上有好闻的雪花膏的气味，说说笑笑间，竟也收获了一堆简单的快乐。

后来行人渐少，橘子顺势收摊。她提出想请我吃点东西表示感谢，怕我拒绝，又绕着弯子说："好啦，我就是想和你说说话。"

我笑起来："没问题。"

我要了一碗莲子羹，咕噜咕噜下肚，浑身热气腾腾。她点了奶茶和千层饼，大口大口地吃着，腮帮子塞得鼓鼓囊囊的，又迫不及待地告诉我："姐姐，我刚才粗略算了一下，今晚我赚了一百多块呢！”

“可是，你这样会不会太辛苦？”

“不辛苦，我早上坐车去批发市场拿货，然后再回宿舍把成品赶制出来。其实很简单的，一把卷边钳就可以搞定很多款式。晚上人流量大，我就出来摆摊。今年流行戴这个，买的人也多。我想好了，再做几天，我就回去陪奶奶过年。”

橘子坐在我对面，眼睛闪亮地说着。说她被城管逮住，到城管所“一日游”的经历；也说她做过的兼职，拿过的奖……在她端起奶茶杯时，我看到她的指尖上裹满了创可贴。

分开时，我们在街边互留了联系方式。“青山绿水，来日方长”，橘子哈哈大笑。

过了一会，公交车就到了。她赶紧跳上去，又把脑袋从窗子里伸出来，狠狠地朝我挥手。我站在街边，看着车子渐行渐远，心头蓦地一热。那一刻，我开始深深地坚信，这位美好乐观的姑娘未来一定可以活出自己想要的模样。

4

几年前我搬到另外一座城市，临走时橘子来送我。那时她已经大学毕业，在一所私立学校教英语，同时还在两个培训班兼课。

我们在茶楼见面，她穿了风衣，化了淡妆，整个人都有了一种知性的美。不过，见了我家小孩后，她就立即童心熠熠，和孩子打成一片了。

喝茶时，她有些不舍地问我：“你会在那边定居吗？”

我故作潇洒：“不知道啊，这么多年漂来漂去的也习惯了，最后停在哪里，也已经无所谓了。”

她说：“姐姐，有家人的地方就是家。”我若有所思。

然后她又告诉我：“我正在学吉他，想把儿时的心愿一件一件地实现。等你下次过来，我就弹曲子给你听。”

“好啊。我无比期待。”

我相信她。我也知道，这不是一句普通的客套话，而是一个约定，是我们之间的，更是她与自己的。

每次和橘子聊完，我的心情都会很开朗。她虽喊我姐姐，但是在很多事情上，我觉得她足以成为我的老师。在我向她诉说生活中的一地鸡毛时，她却总是能将生命中的承受和艰辛，化作一句话的轻描淡写，永远都是温暖笃定的样子。

在生活面前，她是懂得举重若轻的人。

5

时隔多年，我坐在橘子家的阳台上，推开窗就能看见沅江。江水穿城而过，流向更遥远的地方。

我身边的好姑娘，喝着咖啡，神色静定。厨房里飘来大骨汤的浓郁香气，她的奶奶哼着不知名的小调，正在切葱花。一只老猫围在她的裤腿边，脚前脚后地转悠。

我知道，这样的场景，曾经是橘子的一个梦境，她用了很多年的时间，来一点点地铺垫，一点点地积累，一点点地实现。

她曾说要把儿时的心愿一件一件地拾起来，就真的这样去做了。弹吉他，画画，游泳，文身……还有带着奶奶去很多的地方，看很多的风景，听很多的故事，见很多的人。

她曾说，不能做让自己看不起的人……

对自己信守承诺的人理应被这个世界尊重。

如果生而平凡，就应默默努力。

如果生而有翼，就不该形同蝼蚁。

这世上，每个人都有自己的生命轨迹，如夜空中的星，如灯下的尘。

只是，无论你做着什么样的工作，身处什么样的环境，和什么样的人交往，都应该秉持内心的信念和明澈，有方向，有力量，然后，活出独一无二的光芒，给自己喜欢。

PART 2

这世间的成功，除了努力，没有任何捷径可走。你曾经偷过的懒，总有一天，要用更多的力气去偿还。

世界很好
努力才配得到

人活着，为什么要有心气儿

承受不住的人，就只能是碌碌无为，虚度光阴，光芒尽失，一天一天复制自己，最终泯然于尘世矣。

青杨去广州给别人做保姆的时候，我初中还没毕业。

她写信给我：“其实我也是想读书的，和你们坐在课堂里的日子，我现在还经常梦到。”

但她妈妈说：“女孩子家，认得字就可以了，最后还不是要嫁人生子，读那么多书做什么？”青杨也不反驳，依旧每个月寄钱回来。一个月200块的工资，有时寄100块，有时寄150块，用纸包好，附带一封家书，寄到村口的代销店。

她妈妈收了信，让我帮着念一念，大约就是“我一切都好，东家待我很好，做事不累，请爸爸妈妈多保重身体”之类的话。她妈妈取了钱，放进贴身的口袋里，又用零钞在代销店买些日用品，顺便给我一些零嘴儿。

那个时候我以为，青杨的人生，也就那样了。

就像她妈妈规划的那样，给人做几年保姆，然后进厂打工，慢慢给自己攒点嫁妆，然后结婚生子，正好复制上一辈的人生。

然而，并没有。

记得半年后的春节，青杨从广州回来。我去找她玩，坐在她的床沿上，听她兴冲冲地跟我讲异乡的生活——那里有高耸入云的大厦，有咖啡厅，有外国人，还有图书馆……仿佛声音里也带着光芒。

青杨的房间，她自己只占了一张床的位置。床的另一头就是火灶，堆了高高的柴火，烧水、做饭都在那里；中间则支了一张桌子打麻将，吵吵嚷嚷的，吃牌、和牌的声音一浪高过一浪。

我和她说起学校里的事情，有趣事，也有感伤的事；说起我在看小说，也试着写一些片段，成绩下降得很快，可能不会再继续上高中，但自己心里没有什么想法，不知道明天会怎样。

"随波逐流吧。"我用了一个小说里看到的词总结到。

青杨托着腮，双腿一晃一晃地打在腐朽的床脚凳上。"可是，我觉得一个人必须要有自己的想法"，她停顿了一下，转身从床头的袋子里拿出一本厚厚的英语辞典，"你看，我就想学英语”。

我接过书来，随手翻了翻，转瞬便觉得头大：“我完全看不进去，因为即便是坐在教室里，我也没有办法说服自己爱上英语。”

她说：“我用的是最笨的方法，买了这本辞典回来，一个单词一个单词地背。好在老师教过语法和音标，读起来不是太累。等到明年，我想再买个复读机，可以跟着磁带学习。”

那个时候，我还是以为，青杨再努力，也不过是一个会说英语的保姆。就像大家打趣的那样，以后可以去给老外当保姆，操着一口土气的洋腔，把老外一个又一个的笑话带回来，正好成为牌桌、饭桌上的消遣。

然而，并没有。

一晃又是一年，青杨再回来时，我已经到县城上高中了。那天，我依旧坐在她家的床沿上，把画夹竖在腿上，给她画素描头像。她则歪着头教我说广东白话，我鹦鹉学舌似的跟着一句一句地讲，奇怪的发音时不时把自己逗笑。

青杨说，学白话是为了以后更好地找工作，自己没有学历，就必须学一些其他的本领，而且必须是过硬的本领。于是，她出门买菜和接送小孩时，都会尽量地和本地人对话，模拟他们的口型和发音，并随身带着白话小册子，随手翻阅，随时练习。

我还看见她的床上放着一页“电脑键盘”。之所以是“一页”，是因为那不是真正的键盘，而是她自己用一页厚卡纸做成的，上面画满了按键，每个按键上写着字母，还有许多笔画。

青杨告诉我，那是电脑五笔的字根。“王旁青头兼五一，土士二干十寸雨……”她随口背起来，说东家家里有电脑，她很想学习，于是就偷偷画下了键盘，又买了入门的课程，先在纸上练打字。

“要用电脑，就必须学会打字，只是，到了我这里，又成了一个笨方法。”她笑道。

我也跟着笑，但那时心里已经隐隐感觉到，青杨身上有一股别的女孩子身上没有的劲头。她想要去做什么，就会不顾一切地去做，而且用尽全力地去做好。

就像很多年后，我想起青杨所用的那些所谓的“笨方法”，其实一点儿都不笨。相反，她很聪明，又很用功。聪明又用功的姑娘，运气又怎会太差？

青杨很快去了附近的服装公司做办公室文员。虽然只是一个跟单的文员，可是在几个老乡的眼里，已经是不可思议的事情了。

“你看，她不过是一个初中都没毕业的小保姆，怎么就直接去了办公室？不是应该和我们一样坐在流水线上没日没夜地赶工才对吗？”

青杨不解释，也不理会，只是每天下班后雷打不动地去上各种各样的培训班。她越来越忙了，忙得连春节都没有回老家。

不久后，我也南下打工，路过广州去找青杨时，她刚好升了职，还在准备参加成人高考。那天下班后，她陪我逛天河区。中信大厦的灯光照亮了夜空，在璀璨绚丽的街头，她拉着我的手大声地唱歌，一首又一首。

末了，她跟我说，她想留在广州，想去很多的地方，想做很多自己喜欢的事情。

“你呢？”她突然问。我回答不上来。

那时，我心里有关于文学的梦想，也有继续画画的愿望，但是现实摆在面前，我一无所有，又何谈未来？便只能走一步看一步。

那时的我，更不知道，多年后我会去写一本小说。而青杨的人生，却已经远胜于一部小说。

后来，我离开南方，漂泊于多个城市间，一年又一年，有时随波逐流，有时随遇而安。

期间，也会偶尔得到青杨的消息，听说她换了岗位，升了职，拿到了大学文凭，英语过了四级，在学服装设计，做到了部门经理，不到三十岁就获得了公司的股权，并创立了自己的品牌……

再也没有人觉得不可思议。妈妈不再催促她结婚，哥哥们在家里商讨大事时也总会给她打个电话，且听一听青杨妹子怎么说。她从家中不受重视的小丫头，变成了全家可以依靠的主心骨。

前些年我回老家，遇见了几个从前的同学。她们有人嫁给了村里的铁匠，生了一串孩子，每天在村口打麻将；有人嫁到了镇上，开了发廊，染着一头的玉米穗子，毫不脸红地和摩的司机说荤段子；也有人铆足了劲儿地读书，考上大学，再回到县城做公务员，每日朝九晚五……

很多时候，我都想不起她们的脸，于是又想到青杨。原来她跟我们都不一样，是因为她比我们都有狠劲儿，有韧劲儿，所以她有能力蜕变自己。

可是，很多人只看到了她的“变”，却看不到那个“蜕”的过程——在逆境中活生生被扒掉一层皮的苦，能承受的毕竟只是少数。承受不住的人，就只能是碌碌无为，虚度光阴，棱角全无，光芒尽失，一天一天复制自己，最终泯然于尘世矣。

而青杨身上的那股狠劲儿和韧劲儿，也可以称之为心气儿。男儿重血气，女儿贵心气儿。有心气儿的姑娘才能够自以为灯，自己有自己的内核，站在黑暗中，有清晰的方向。

“这么多年，我就是提着一口心气儿，一路咬牙扛着，才走到了今天。因为起点比别人都低，所以很多时候必须付出更多努力。有人一步就能走到的地方，我必须踉踉跄跄地走上十步，百步；摔倒了，就再爬起来，哪怕还要走上一千步。

“我所做的一切努力，不仅是为了有一天可以得到什么，比如可以活得像一朵花，也可以活成一棵树；更是为了可以拒绝什么，比如一种僵死的生活，或者一个封闭的世界。”

几年前，我的人生曾陷入僵局，那个时候，很多朋友都曾给我打过气。而青杨，曾这样跟我说：“一个人，再苦再难，也不能丢了自己的心气儿。”

只要有心气儿，你就可以再站起来，重新出发。

有一句话叫作：“扛得住，世界就是你的。”我信。但我更信，扛得住世界的姑娘，用的不是力气，而是心气儿。

一万小时定律，让世界多出一条路

在这个文字的世界里，我是追梦者，是造梦者，也是售梦者。

葛拉威尔在畅销书《异数》中指出：“人们眼中的天才之所以卓越非凡，并非天资超人一等，而是付出了持续不断的努力。只要经过一万小时的锤炼，任何人都能从平凡变成超凡。”

一万小时，如果按照每天三小时的投入来换算的话，大约就是十年的时间。我想，能把一件想做好的事坚持十年以上，即便不能成为天才，也足以开启另一番人生。换言之，你或许不能多出一个世界，但你的世界一定会多出一条路。

那一天，我无意间看到了自己十年前写的文字，是一篇网络日记。流水账的形式，记录了在网站连载小说的事情，没有框架，没有准备，纯粹是一时兴起，却幻想着实体书可以横空出世。

只是，在没有实力的情况下，这样的一时兴起不过是一文不值，就像是手里没有几块砖的人却想着要盖一幢大厦。

那个时候，认不清世界，更看不清自己。

直到遭遇了大大小小的挫败之后，才痛定思痛，原来写作这条路，我并没有多少天赋。于是我问自己，这条路你真的要继续走下去吗？如果永远不能发表，不能出版，没有同伴，没有观众呢？

是的，我选择继续走下去。那好，那你就不要急着去证明什么，先静下心来，诚心地学习、阅读、思考、练笔、摸索、磨砺、积累、充实、沉淀，一样一样来，别偷懒，因为你不是天才，这条路也没有捷径。

比如，读一本经典的书，你是泛泛地读，过目即忘，还是细细地啃，回味，消化，并从中汲取营养，让它生长成为自己的骨骼和血肉？

就这样过了两三年，我在网络上也留下了十几万字。期间，我断断续续地往报纸杂志投稿，但大多都石沉大海。

有一次，与朋友小聚，有幸认识了一位在当地纸媒工作的姐姐。她向我要了联系方式，说可以交给副刊的编辑。记得当时我去吧台找服务员借纸和笔写邮箱的那刻，手指都是颤抖的。不是紧张，而是激动。

然后，我又慢慢在一些知名期刊上发表文章，然后跟人一起出合集。再然后，就有出版人来联系，跟我约了第一本书稿。接下来，是第二本、第三本……一直到现在的第六本。这就是我写作之路上的十年。

在这十年的时间里，我做过很多份工作，经历了很多事情，生活状态和个人心境也都有了很多改变，唯独没有改变过的，就是写作。

杜拉斯曾说："不写作，我会屠杀全世界。"我想，如果不写作，我便不会成为今天的我。

也许，我会是一个批发部的小老板，为了多争取一个客户，挖空心思地压低利润，并往纸箱里放槟榔和糖果。

也许，我会是一名比较称职的文案，绞尽脑汁地做PPT，挖掘一件内衣的十种差异。

也许，我会是一位普通的家庭妇女，老公、孩子、热炕头，简简单单过一生。

当然，如果真是这样，也没有多么不好。但终究还是感觉少了点儿什么……

在给自己找定位的时候，我也曾问自己：

"你在做什么？

"你能做什么？

"你想做什么？"

如果答案是一样的，那么恭喜你，你终于找到了自己的目标，且值得为这个目标奋斗终生。

那天在群里看一些作者聊天，话题大约就是：写作给你带来了什么？

有人说，写作是迷恋，是拆穿，是探采。

有人说，写作是生命中的光。

有人说，写作是为灵魂找到一个出口。

有人说，写作是赚钱的另一种途径。

有人说，写作是梦想。

…………

而对我来说，写作应该是获得了一个多元化的内心世界。在这个文字世界里，我是追梦者，是造梦者，也是售梦者。对热爱之事物的心跳，无可比拟。无论身处怎样的环境，文字让我的心永远年轻。

有时，也会有小姑娘写私信来问我如何提高写作的能力。其实答案大家都知道，就像很多人都知道这个“一万小时定律”一样。但知道了会去做的人就不多了，然后，去做的人能坚持做下去的，就更少了。

而且，很多人都会忘记其中提到的那个词——“锤炼”。千锤百炼方成钢，一分辛苦一分才。从古至今，都是一样的。

从前，我很喜欢李商隐的诗，觉得他应该是属于“梦吞丹篆”的那一类人。但有一次查资料时却看到，他平时写诗，其实是在屋子里摆满了资料的，为了查找一个典故，并将其恰到好处地镶嵌、融合在诗句里，经常要翻阅堆积如山的书简，书简摊在地上，就像“獭祭鱼”。

吴淡如的书里有一段写她如何坚持写作的，说的是她受林清玄的感召，每天至少写两千字，把写作当成生活的一部分。因为林清玄曾告诉她，自己每天都会写三千字。

所以，当一件事成了生活的日常所需，你将再也不会有什么自我感动式的悲壮，当然，更不会感觉辛苦和愁闷。一切源于心甘情愿，就像洗脸、刷牙、吃饭一样，你总会做得娴熟又自然。

而一万小时定律，无疑就是一把戒尺。

长路漫漫，高山仰止，当我想要偷懒时，可以用来自量，自知，自勉。

二十弱冠，得见自己。

三十而立，得见天地。

四十不惑，得见众生。

下一个十年，我等着你。

如果你的生活不想被人任意篡改

生活如书，如果不想被人任意篡改，那就必须把笔握在自己手中。

很小的时候，我曾以为，我的村庄就是全部的世界。在这个世界里，只有一门语言，就是村里的方言；这个世界里，也只有一种小女孩，就是和我一样，冬天挂着鼻涕，夏天光着脚丫，浑身脏兮兮的，漫山遍野地疯跑、爬树、摘野果、放牛、打水漂、玩泥巴，将村里代销社的酸梅粉视为至尊美味。

直到那年夏天，我从未见过的姑妈带着她的女儿回来。见到她们之后，我才知道，原来山的那一边不是山啊，而是更大的世界。那里有高楼，有霓虹，有汽车，有电视，还有很多穿着漂亮衣服的小女孩。她们说着一种叫“普通话”的语言；她们不爬树，不放牛，不玩泥巴；她们吃面包和巧克力，干净又有礼貌，就像是生活在童话书里的公主。

穿着公主裙的表姐比我大三岁，那时候的她已经上小学了，会认很多字，会念很多古诗，会唱很多歌，会讲很多故事，还会弹钢琴。

“弹钢琴，就是这样，把手指放在琴键上，Do Re Mi Fa Sol La Si Do——七个音符，不停地变啊变，就能弹出各种各样的曲子。这样，这样……”

表姐给我做示范。她端正了身体，脸上有一种愉悦又虔诚的表情，然后抬起双手，屈起手背，指尖在空中不停跳跃着。我在一边看得痴迷。月光透过枝叶，落进她的眼睛里，亮晶晶的。

寂静的乡村夏夜，远处的山色朦胧而温柔。稻香浮动，蛙鸣沉沉，萤火虫贴着墙脚飞舞，月亮大得好像要掉下来。两个小女孩并肩坐在歪脖子老树下，尽心尽力地交换彼此的生活记忆。一个小女孩对外界新奇的认知，也正被另一个小女孩一点一点地打开。

“每个女孩子都是公主，等我们长大了，就会有王子骑着白马，带我们离开。”

“我没有白马，不过，我有大水牛！”

在爸爸的帮助下，我和表姐终于可以同时骑在牛背上，一路晃晃悠悠地走向对面的山野。壮实的老水牛性情很温驯，只顾低头吃草，嘴角不断泛出青白色的草沫。我们在野风四起的山坡上打滚，对着天空大声唱歌，歌声可以飘到山的那一边去。

不远处，几个光着膀子的男孩正在打水漂。他们手中的瓦片熟稔地擦破轻薄的水面，荡起一圈圈涟漪。他们的声线已经渐渐粗壮起来了，看到穿着白色公主裙的女孩子会交头接耳，然后情不自禁地脸红。

那些日子里，我们每天厮混在一起，上山捡柴，下水摸鱼，疯玩打闹间，全然不知世事深浅。

快要开学的时候，姑妈来接表姐回去。据说她们要到一个更远的地方去，我很舍不得，可又不懂怎么挽留，只能死死地抱着门口的歪脖子老树，不停地抠它的树皮。

表姐走的时候，把她的公主裙和童话书都留给了我。我看到她的眼圈红红的，走在乡间小路上，姑妈牵着她。她走一阵子，又回头来看一下。

不久后，我也该背着书包进学堂了。我的头发依旧枯黄稀疏，身材依旧瘦小贫弱，常被班上的男同学捉弄。他们笑我是黄毛丫头，我就和他们扭打在一起。在家的时候，我会经常翻看表姐留下的东西，会很想念她，也会想起姑妈和大人们说的那些我们听不懂的怪话。但是我知道，不管世事是恒常还是变幻，世界是丰盛还是简单，只要是一个小孩儿，就会暗地里努力地盼望自己快些长大。

后来，我终于长大了。长大后，我也跟很多人一样，离开了村庄，去到外面的世界，看了更多的人和风景。那个时候，我也终于知道，原来在这个世界上，只有长大和老去才是不用努力就能轻易做到的事情。

再后来，我回家时，会断断续续地从亲戚们口中听到姑妈的消息。她离了几次婚，又结了几次婚，带着女儿辗转了很多城市，做过很多工作……那时，我总是不断地追问："那我表姐呢？表姐呢？"

"不知道啊，不知道。"

二〇〇九年的早春，也就是在我和表姐分隔了整整二十年后，我带着女儿回家看父亲，没想到会再见到姑妈和表姐。今夕复何夕，共此灯烛光。眼角有了皱纹的姑妈，抱着她的老哥哥，泣不成声。

是夜，我和表姐躺在老屋的雕花床上，细数对方不曾参与的二十年岁月。

窗外是儿时的月光，依旧清洁透亮，仿佛从未改变过。只是，曾经的放牛娃，漂泊多年后，已经为人妻母，即将在离家乡不远的小地方安营扎寨，从此守着一份平实的小日子，以及并不出众的小梦想，慢慢地度过余生。

曾经的小公主呢？她用了将近二十年的努力，终于要在这一年的夏天，牵手她的王子，走进婚姻的殿堂。

她告诉我，从小学到高中，她一直都在很用功地念书，很用功地练琴，从来不敢偷一点儿懒。因为寄人篱下，总不能让妈妈为难。那些年，她转了好几次学，但是不管在哪座城市，哪所学校，她的成绩总是名列前茅。上大学时，她通过自己的努力，每年都能拿到奖学金。课余时间，她则去当家教，尽量不花妈妈的钱。后来，她又出国留学，拿到了各种各样的证书。再后来，她回国，选择留在母校任教，正好可以陪伴妈妈。

“至于爱情，一切都是水到渠成。他是我的大学同学，我们在校园相遇，后来又一起出国，一起回来。他目睹过我的摸爬滚打，也见识过我的荣耀光芒；他了解我的深刻，也珍视我的平凡。从校服到婚纱，他是唯一一个把深情与久伴同时给了我的人。”

是年盛夏，我去参加表姐的婚礼。北国的海滨城市，阳光明媚，风景宜人，蓝天上不时有白鸽飞过，空气中弥漫着幸福的味道。

豪华的海景别墅里，优雅的琴声四处流泻，美丽窈窕的新娘头戴珠冠，婚纱曳地，完胜城堡里的公主。她身边的王子英俊体贴，牵起她的手时，满目柔情。

整个画面，多像一个童话。台下有人艳羡：“真是个幸运的姑娘。”

幸运吗？是，又不全是。如果不曾经历那些隐忍艰涩的岁月，不曾走过汗水与泪水交杂的颠沛流离，今日的岁月静好，又有什么珍贵？如果只是单一的幸运，而没有自身的资本来支撑，纵然上天给你再多机遇，你也不可能拥有驾驭的能力。

生活如书，如果不想被人任意篡改，那就必须把笔握在自己手中。自己一撇一捺写下的故事，总会有一个顺理成章的结局。

这个世界很善变，很复杂，我们都见惯了感情的背叛，世事的多变。我们跌倒的时候，总是善于安慰自己：“瞧，这世间哪有什么王子爱上公主的事，童话里的故事都是骗人的。”然而，这个世界也很公平，很简单，你付出过多少，就会收获多少。你逃离过什么，就会遭遇什么。

越努力，越幸运。好在，时间可以检视一切，也会证明所有。

你努力了，为何还是一事无成

曾经偷过的懒，总有一天，要用更多的力气去偿还。

你十八岁了，仰着一张朝气蓬勃的脸，到省城上大学。你学习底子好，课程能轻松应对。课余时，你参加了几个社团，还进入了学生会。在一次活动中，你出色的表现让很多同学认识了你，你好像凭空就多出了很多朋友，还经常受到盛情邀请，生活也丰富多彩了起来。放假回家时，你说想要一台电脑，学一些设计方面的课程，父母一口就答应了。你很高兴，对自己的未来充满信心。

十九岁很快到来。开学的时候，你听到有舍友退学了，在校外卖烧烤，轻而易举赚到了人生的第一桶金。你有些触动，于是利用课余时间和同学一起到校外的咖啡馆打工。薪水虽然不多，但也足够给自己添几套新衣服，买一些化妆品。

那样的年纪，即便是地摊货也能穿得青春洋溢。你看着镜子里自己那张紧致无瑕的脸，开始憧憬爱情的模样。

二十岁那年，你成功追求到了一位优秀的男生。当他站在你的宿舍楼下喊你的名字时，你噔噔噔地跑下楼去，像一只小鹿投入爱情的丛林。你变得越来越忙碌，约会、兼职、参加社团活动、考级……学习时间不够，课程也成了应付。男朋友生日的时候，你把攒了好几个月的钱拿出来给他买礼物，他抱着你在月亮下指天为证。你觉得一切都值得。

二十一岁，你第一次尝到了失恋的滋味。你不明白，为何好好的人，心说变就变了。你学会了喝酒，很多天都闷在宿舍打游戏。有心仪的企业来校园招聘，名额有限，你发挥失常，被校友轻松地比下去。你受了打击，不甘心，决定临时充电，再去实习。临近毕业，你为了准备论文挑灯熬夜，去上班时站在公交车上也能睡着。

二十二岁的时候，你进入某家公司。公司开发了新品牌，你成为运营团队的成员。品牌之路远比想象中更加坎坷、艰难，你们很努力地奋斗，业绩却总是不尽如人意。你不知道是哪里出了问题，只是渐渐感到疲惫，心里也失去了最初的斗志。下班后，你常与朋友出去聚会，喝酒，泡吧。你曾喝得烂醉，然后站在流光溢彩的城市中央，大声痛骂这个世界的白眼和势利，狼狈和沧桑。

二十三岁时，你被公司解雇。原因很简单，品牌有了新股东，将带来新的团队。老板摇摇头：“不好意思，我也无能为力。”最终，原来的团队里只有一个人留下。“无妨”，你对自己说，“正好想去北京闯一闯”。有同学在那边租好了房等你，你一个人捧着各种证书北上，很快进入一家广告公司。行业竞争何其激烈，业绩是戴在每个人头上的“紧箍咒”。不久后，因为你的疏忽，搞砸了公司的一个大单，你被骂得狗血淋头，当场崩溃。下班时，你站在天桥上，看着车来车往，心里迷茫又委屈。

二十四岁，你的本命年。网上有人晒出了最具情怀的辞职信：“世界那么大，我想去看看。”某个周末，你还在公司加班，心绪很乱，迟迟不出效率，老板就差拿着鞭子催促了。你心一横，决定给自己一场说走就走的旅行。第二天，你递交了辞呈，头也不回地走出了公司大门。那一天，你的同学在出租房等你，像个傻子一样地劝你，条条框框，苦口婆心：“不要轻易放弃，不要轻易离开。”你笑了笑，道：“人活着，就应该任性一点。”

二十五岁即将到来的时候，你在回家的长途汽车上醒来。窗外秋色延绵，你打开朋友圈，有人升职加薪，有人结婚晒娃，夹杂着各种各样的幸福。而你被隔离，像个局外人。你默默地关闭了手机。汽车一阵颠簸后，进入小镇。你想给家里买点东西，身上却只剩下一把零钱。你推开家门，桌上摆着一碗咸菜，妈妈坐在旁边，脸上布满与年龄不相称的皱纹。生日那天，爸爸烧了一桌子菜为你庆祝，不断给你夹菜，他长期在工地做事，一双手长满了老茧。是夜，你躺在床上，想起十八岁那年，父亲带着你去省城交学费，吃饭的时候，你点了一份西式快餐，他舍不得吃，全推给了你。那一刻，你在心里暗暗发誓，一定要出人头地。而此时，你仰起脸，泪水已决堤。

“我努力了，为何还是一事无成？”你问。

你曾努力地融入新环境，参加社团，组织活动，和天南海北的同学打成一片，人缘越来越好，邀约越来越多。可是，你有几个晚上在教室里看书？你有多少时间，真正花在了学习上？那年寒假，家里用血汗钱给你买了电脑，你也报了设计课程，可结果，你又逃了多少节课？

你曾努力地周旋于学业和兼职。在最应该静心学习的时候，你偏偏要到咖啡馆打工，只是为了几身新衣服和几套化妆品。为了满足一时的虚荣，你浪费了那么多时间，消耗了那么多精力，却不懂什么是真正的自我升值。

你曾努力地应付学业，但时间不够，逃课、丢作业是难免的事。你依靠老师总结的重点和同学的笔记彻夜不眠地临阵突击，为蒙混过关的小聪明感到沾沾自喜。你不知道，进入社会后，没有人会为你总结重点，没有人会借给你笔记，每个人都在埋头奋进。优胜劣汰，那些蒙混过关的小聪明永远上不了真枪实战的大场面。

你曾努力地讨好爱情。你们在一起，你做了很多浪漫的事。他家境不错，也愿意为浪漫花钱，但是那句话怎么说来着，恋爱就像吃巧克力，你不必花买巧克力的钱，却总要花减肥的钱。为了匹配上这份浪漫，你必须努力地掩饰家境，努力地花费各种心思……你真的不累吗？

那次校园招聘，你以为自己是发挥失误，却不知别人在背后付出了多少辛苦。你为自己熬夜准备毕业论文而感到悲壮，却不知这世间的成功，除了努力，没有任何捷径可走。你曾经偷过的懒，总有一天，要用更多的力气去偿还。

然而你还是不够努力，或者说努力的时间还不够长。工作时，你不能改变现状，又无法承受理想与现实之间的落差。在浮躁的心态下，你消耗着自己的青春；在“世界就是不公平”和“我不屑与此为伍”的借口里，你苟且偷安，浪费生命。

你不明白为何原来的团队里只有一个人可以留下，她不过资质平平啊。可你的老板没有告诉你，当团队换血的消息在公司传开后，这半个月的过渡时间里，只有她在一如既往地做着手头的工作，兢兢业业，恪尽职守，等待着与新来的人员进行交接。而其他人呢，想着“反正都要走掉的”，有些得过且过，有些干脆请假，却不知道，她能打动老板的，正是那份坚持到最后的耐力和善始善终的品格。很遗憾，你正是其他人中间的一个。

“蝴蝶效应”这回事，除了适用于气象，同样适应于我们的生活。你感叹世界的残酷时，有没有想过，如果当初可以少逃一节课，可以多学一学英语，就不会因为理解错了一句话而搞砸一个订单，然后失去老板的信任。在这个世界上，谁都没有义务去包容你，迁就你，如果没有真才实干，再多的证书不过是一张自欺欺人的废纸。

你觉得，人活着就应该任性一点儿，世界那么大，你想去看看。只是你没有看到，那么多风光与笑脸的背后，藏着多少艰辛与汗水。自己努力赚来的钱，怎么花都踏实轻松；如若不然，说走就走就是好逸恶劳的借口。

是的，每个人都有选择生活方式的自由，但前提是，你是不是具备了承担结果的勇气和能力。如果没有，那就必须为自己的幼稚埋单。

你曾青春年少，你曾自命不凡，你曾为一个男生虚拟的拥抱感动，也曾为父母的几句叮嘱厌烦。你曾挥舞着梦想，在陌生的城市行走如风，你也曾跌落在现实的泥淖中无法自拔。你曾咒骂过命运的不公，你也曾觉得自己很努力。

而真正努力的人，却不会觉得自己很努力，更不会抱怨命运的不公，一再地被自以为是蒙蔽了眼睛。他们活得清醒，也活得温润；他们有方向，有坚持，有梦想，有担当。他们不遗余力地扎实当下，积累自身的养分，他们耐得住寂寞苦寒的岁月，更有宽宏坚韧的内心。

“我努力了，为何还是一事无成？”

不如回头看一看，自己就是答案。

没有谁，可以一票否决你的人生

如果你真的足够努力，那么你需要的，仅仅只是一点点机遇与时间。

有一位陌生的姑娘给我发邮件：独自一人在外地上大学，因为家里条件不太好，就利用课余时间在校外做了一份兼职。可兼职的工作一直不太顺利，经常被老板指着鼻子骂。在学校里，成绩还算优秀，却又时不时地受到同学们的冷落和嘲讽。在生活中，没有爱情，没有人能够倾诉，很多时候都感觉要撑不下去了，整个人就像被生活拉扯的提线木偶，心里很苦，很绝望。梦想是那么遥远，不知道努力的意义在哪里……在信的结尾，她写道："小汐姐，真希望有一天，我也能成为你那样的人。"

"真希望有一天，我也能成为你那样的人。"很多年前，我也曾这样对着一个人，对着另一种生活，软弱地憧憬着。

那个时候，我在镇上打工，没有活干的时候，我会坐在宿舍的阁楼上，看着工厂的办公室出神。那里的接线员是一个长相漂亮的姑娘，穿着精致，声音甜美，工作永远是清闲的，只需要接一接电话，或是踩着细细的高跟鞋往车间送一送文件。

有一天，我妈拎着鸡蛋来看我，我蹲在楼梯上吃饭，有一搭没一搭地跟她聊天。我现在还记得她当时的神情，以及望着厂房办公室喃喃而语的样子。她说："要是你可以去那里接电话就好了……再等等吧，你还小，她总是要嫁人的……"我懂我妈的心思，她是指望着我有一天可以离开又脏又乱又累的车间，可以像那位姑娘一样，去做那种看起来体面又轻松的工作。那可真是烧高香了。

不久后，我爸告诉我，那时其实已经有隔壁村的媒婆试着到我家来提亲了。那时，没有人知道，有一天我还会重返校园，此后的整个人生也随之改变。

所以，一份工作，几句嘲讽，能够限囿你什么呢，我的姑娘。

后来，我去了很多城市，遇见了很多人，做过很多工作。渐渐地，我也就明白了一些道理，其中有一点就是，永远不要被眼前的困境蒙蔽了生命的任何一种可能。没有谁，可以一票否决你的人生。

就在几年前，我也觉得自己在写作的路上就要撑不下去了，很感谢我的朋友C，她跟我说：“写作其实很像取水，如果是取池中水，水就会越来越少，越来越浑浊；但如果是取井中水，水就会越来越多，越来越清亮。亲爱的，不用抬头仰望，只要埋头努力，多写，多练，多发掘自己，时间不会辜负你的光芒。”

C是很多人眼中的那种闪闪发光的姑娘——跨国公司的精英，被老板赏识，不断升职加薪，就连爱情也是难得的甜蜜美满。可是有多少人知道，C在上大学时为了挣够一学期的学费，同时打两份工，每天只睡几个小时的暗黑经历呢？又有多少人知道，C对几门外语的精通，都是在学校的宿舍里，一个通宵、一个通宵地死磕出来的呢？

在这个世界上，其实没有几个天才，谁的成功都不是捡来的。遥想几年前，当C以优异的成绩毕业时，一家有名的外企很快向她抛出了“橄榄枝”。那样的机会是多少“一毕业就失业”的同学们梦寐以求的啊，可也正是她们，在大学的黄金四年里，忙着恋爱，忙着上网，忙着用父母辛苦赚来的钱享受生活，挥霍青春，然后还要在别人拼命努力的时候撇撇嘴：“一个女孩子，那么要强做什么。”

而C告诉我，就是当初的要强救了她。

C出生在一个小县城里，父母都是普通职工，家里还有一个弟弟。按照父母的意愿，等她上完大学，就可以回到家乡，用人情打点一下关系，进体制上班，然后再找一个靠谱的人结婚，安安稳稳地过日子。

可是谁知道呢，就在她上大一的那年，弟弟突发急性脑炎，险些成为植物人。弟弟的病，花光了家中所有的积蓄。更可怕的是，一个品学兼优的活力少年，智力突然下降到两岁孩童的水平。她请了假回家，看着苍老脆弱的父母，看着眼神呆滞的弟弟，强忍着眼泪对自己说："你必须要坚强，要成为这个家的顶梁柱。"

当时就有亲戚劝她："别念大学了，以你的条件，找个有钱的人嫁了，一辈子不愁吃穿，家里也有了依靠。"不久后，还真的有当地的有钱人看上了她，对方愿意支付她全部的大学费用，愿意等她毕业后再结婚，彩礼相当可观。而且，如果婚后生了儿子，她还可以得到房产作为奖励……看，一条条的，都写在合同里了。

C 说："也不是没有心动过，毕竟选择成为一只金丝雀要比选择成为一只鹰容易得多。"可是，那又是怎样的一种耻辱啊，一个人就像货物一样被明码标价，一生就将在等待买主的垂怜中度过。

所以，还是心里那点要强打败了唾手可得的诱惑。她撕碎了合同，又回到了学校。或许，最好的选择就是让自己别无选择。断了所有退路，她一心扑在学业上，成绩好还不够，必须优异才行；没有钱也没关系，自己可以去打工。

就那样，经过自己的努力，她终于变成了今天的样子。当众多在大城市打拼的 80 后、90 后计算着此生还有多少次机会与家乡的父母团聚时，她已经有能力给父母和弟弟在城市里安置一个温暖的家。在爱人面前，她能够配得上对方的爱和优秀。在亲人面前，她能够给得起他们更多的陪伴和更好的生活。这是C多年以前为自己定下的人生目标，而她，真的一字不漏地做到了。

亲爱的姑娘，我不知道你的目标或者说梦想是什么，我只是希望，无论是身在校园，还是走入社会，你都要记得：努力，是改变命运的唯一武器。

我曾在日记本里写下：

当你觉得脚下有阴影的时候，可能你的头顶正好有光亮。

当你觉得天空变得阴暗的时候，也许只是为了映照更璀璨的星辰。

此生为人，愿永不绝望，永不服输，永远努力。

是的，世界很残酷，生活也确实不怎么美好，但哪一个闪闪发光的人不是咬着牙、拼了命熬出来的？没有人甘愿充当生活的提线木偶，只要你肯努力，就算是深陷泥淖，也可以提着自己的头发，把自己拔出来。

不用去绝望，更不用去仰望别人，有空就多检视自己吧，如果你真的足够努力，那么你需要的仅仅只是一点点机遇与时间。

时间从来不会辜负努力的人，这就是努力的意义。

时间也会告诉你：你最该成为的人，其实是更好的自己。

梦想清单：五年后，你是什么样子

我也曾经把“梦想”两个字写在手心，背在行囊，希望可以带着它们在远方的每一寸空气里肆意挥动。

在电影里，病重的熊顿说：“我突然意识到，劝别人我比谁都拿手，但很多自己想干的事，却只停留在嘴上，等到想去做的时候才发现，其实从来不存在来不及这回事，在梦想面前，一切都是借口。”

于是，她列出了自己的梦想清单，也是人生中最后的清单，并一个一个地去完成：

听一场摇滚，和耳朵一起一醉方休；
喝一圈烈酒，让酒腻子们闻风丧胆；
开一场 Cosplay Party，二次元万岁；

摸一下大蜥蜴，我熊胆威风凌厉；

吃三斤驴打滚，翻滚吧，肠胃；

飚一把摩托车，成为风驰电掣的女王；

见一次微博红人，感受“马伯庸亲王”的慈祥；

至少学会一样乐器，为喜欢的人弹；

种一次昙花，守望着它盛开；

做一桌丰盛的晚餐给爸妈，哪怕色不香，味不美；

来一次夜钓，吸取月光静谧的能量；

仰望喀纳斯的星空，寻找属于我的星座；

沐浴漠河的极光，感受它的神秘；

去山顶看一次日出，然后大喊：“滚蛋吧！肿瘤君。”

至今我还记得看完《滚蛋吧！肿瘤君》后从电影院门口出来的情景：月色无边，城市寂静，回想起熊顿去世前的那些梦想清单，心中思绪像是被某种力量揉成了一团，转瞬即勾起连绵的眼泪，抹也抹不干净。

一个人走在空旷的街巷，突然就想问一问自己，如果生活中可以多一些勇毅，那么生命里是不是就拥有了多一点的可能？

我的手里，除了掌纹，还有什么？

我的心里，梦想的炽热，是不是还可以卷土重来？

我的脚下，正在走着怎样的一条路？

想起前不久见过的朋友栗子，从一百四十几斤，扎扎实实地瘦到一百斤，穿上新买的裙子，可与时尚模特媲美。在收割了一茬茬羡慕目光的同时，她的心境也发生了变化。她变得更自信了，也变得更坚韧了。

同事们问起来，她浅笑盈盈地回："不过是健身。"

确实，那么多嚷嚷着要减肥的人，谁人不知道，不过是健身。可又有几个人能去做呢？又有几个人能去坚持做呢？玲珑有致的身材，健康轻盈的身体，全面刷新的生活，谁不想要啊？只是她把手掌摊开在众人面前时，大家都不说话了——手心一层厚厚的茧，像勋章。

我见过一个摄影师的手，指节纤瘦，掌心温软，每一道皮肤肌理中都藏着时光的风情。她的手，冲印过无数的笑容，也定格过最美的星空；她的手，拥抱过西伯利亚的风，也梳理过母亲的白发……当相机遮住脸部的时候，她的手就成了她的另一张脸，有了表情和气质，可以与人心交流。她说，人要自己给自己使命感。

从十几岁的时候第一次拿起玩具相机给邻居家的小孩照相，到现在走过十几个国家拍下无数的面部表情，她的使命感，一直没有变过。

使命感，也可以是一粒种子。当初她将它播种在了心里，如今已经有了茁壮的根基，敌得过世事变迁。

我也曾经把"梦想"两个字写在手心，背在行囊，希望可以带着它们在远方的每一寸空气里肆意挥动。我也曾经把双手插进口袋，等待了又等待；一屁股坐进沙发里，掂量了又掂量，然后对自己一次又一次说着“我害怕”“我不行”“来不及”“算了吧”。

再然后，很多的事情，就真的成了“算了吧”。

如果不去实践，不去坚持，梦想永远都只能是两个轻飘飘的字，写在手心，或挂在嘴上，经不起任何的风吹雨打。时间会一次又一次地洗牌，岁月会一次又一次地过滤，那些闪闪发光的想法也会一层又一层地慢慢褪色，慢慢风干，最后消散在记忆里，一丝一毫都不剩。

于是，我再一次问自己：活了三十余年，如今的你，还能一点一点地捡起曾经的梦想吗?

能。只是，心境不一样了。

二十岁的时候，你不会因为得到一辆自行车而彻夜不眠；

三十岁的时候，你不会再为一个人的演唱会而激动到大哭；

四十岁的时候，你拥有了曾经想要的很多东西，却发现自己早已失去了欢呼雀跃的能力。

那么，趁热血还在沸腾，不如现在想做什么，就奋不顾身地去做吧。不要让未来的你，嘲笑现在的自己。

那天回到家后，我在笔记本上写下一份梦想清单，也是我给自己定的“五年之约”。我知道，在这个过程中，将不再有从前的“等一等”“再说吧”“我不想”“来不及”，只有“我想做”“我要做”“我在做”“我可以”。

三十六岁之前，我会把这张清单全部打上小钩，那时，我也会收获一个全新的自己：

1. 学会真正的游泳，和狗刨说再见；
2. 学会弹吉他，在春天的花树下，轻轻地弹唱；
3. 读完一百本书，做好笔记，慢慢消化；
4. 看完一百部电影，做好笔记，慢慢消化；
5. 每个月至少去爬一次山，无限风光在险峰；
6. 每周至少晨跑一次，生命在于运动；
7. 每周学一道新菜式，然后做给家人吃；
8. 每年寒暑假带小屁孩们去旅游一次，给她们拍下照片；
9. 写一本长篇小说，得到自己的认可；
10. 完成一个剧本，不管能不能搬上银幕；
11. 给自己一间独立书房，偷半生与书为徒的日子；
12. 一个人去南京看伊娜，和她坐在墙根嗑瓜子；
13. 在夜间坐一次热气球，体验“手可摘星辰”的浪漫；
14. 去海边补一套婚纱照，趁年未老，色未衰；
15. 翻修老家的房子，给中年后的自己留一处桃花源；
16. 重拾画笔，梦想没有来不及。

PART 3

其实你不用想着去拯救地球，把自己的小日子过顺了，就帮了世界一个大忙。

世界很大
可惜与你无关

过任何生活都是需要付出代价的

在这物欲横流的世界，精神的贵族才是真正的贵族。

1

英姐姐是我一个经商的朋友，去年搬到了家乡的老宅居住。最先是因为要疗养身体，而当身体慢慢好起来之后，她已经习惯并喜欢上了那种生活，并时不时地对我感叹：“山中日月长啊，年岁的概念已模糊矣，这仿佛又赚了半生……”

今年夏天，我终于得了空，大老远地跑去看她。她一见到我，挽起裤管就要去地里摘菜——手里拎个小竹篮，两眼冒着慈爱的光，就像是种了一藤葫芦娃的老头儿。

“瞧，这根黄瓜，是我亲眼看着它长大的。

“西红柿嘛，有些营养不良了。

“辣椒都不错，没让我丢面子，一会儿也正好为你接风洗尘。”

饭桌上，一碗青椒炒鸡蛋，一碗刀拍黄瓜，一碗豆角烧茄子，两杯杨梅酒，她吃得津津有味，我吃得感慨无限。

一场大病，几乎颠覆了英姐姐的人生，曾经的五花马、千金裘，如今全作云烟散。然而纵如此，又如何？虽然是荆钗布衣，淡饭粗茶，她却收获了从未有过的平静，就连健康也一点点地回来了。

午后，我们沿着山道散步，路遇一丛野蔷薇——粉色的单薄花瓣，在山林中发出细细的香气，又温良，又干净。我折了一朵，戴在她的发髻上，当即拍下一张照片。照片里，她回眸浅笑，如旧时的美人，眼波里沉淀着安然与富足。

夜间，我们躺在山间的大石头上，凉风吹得人轻飘飘的，天上的星星也好像比平时大了一倍，在头顶横亘成流动的银河。然后，英姐姐跟我讲了《笑林广记》里的故事：

> 有一个鬼，去地府托生，冥王将他的下世判为富人。而鬼说：“我不愿意为富人，只求一生衣食不缺，无是无非，烧清香，吃苦茶，安闲过日子足矣。”冥王则说：“要银子使，再给你几万也是有的，但这样的安闲清福，难给你享啊。”

故事说完，英姐姐微笑道：“如今我过的生活，不就是这样的安闲清福吗？”

是啊，在这物欲横流的世界，精神的贵族才是真正的贵族，心灵的奢侈也才是真正的奢侈。

2

一个学姐，姓汤，我们都叫她汤汤。二〇〇九年的时候，她从沿海回到家乡，后来就一直留在村里的小学做老师，时至今日，已有七年。

还记得第一次见到她，恰同学少年，风华正茂。我去学校报到，她就站在校门口迎接新生，一头短碎发，一件男士的白衬衫，却意外地帅得方圆十里无人匹敌。

汤汤在校园里属于特立独行的那一类，不参加女生的小圈子，也不屑于与室友们一起追《还珠格格》——她们常常在“紫薇比小燕子好看”和“小燕子比紫薇好看”之间争论得热火朝天。

她喜欢的是坐在教室的栏杆上，孤傲地昂着头，两条腿晃啊晃。她喜欢的是看书，做笔记，然后跟远方的笔友通信。好几页信纸，写得密密麻麻，只为谈论书里的一句话。

那会儿，我们选的专业是一样的，共用着同一间画室，受教于同一批老师。于是我想，至少我们的梦想也是一样的吧，在拿起画笔的那一刻，不就是想做一名画家吗？

可是汤汤说：“不一样，每个人的都是不一样的。”

我当时不太懂，直到离开校园后，年纪越长，经历越多，也就越来越明白，为何很多人的起点一样，而过程和结果却会截然不同。就像我用了很多年才发现，《还珠格格》里最好看的姑娘，其实不是紫薇，不是小燕子，而是金锁。

后来汤汤毕业，又去了沿海上大学，我们之间就很少有交集了。再后来，一场同学会，让很多失去联系的人聚在了一起。大家纷纷拿出手机，用最先进的社交工具，把一个个熟悉又陌生的名字重新认识了一遍。

原来，人与人之间，同学与同学之间，真的会不一样。席间，也不断有人谈起汤汤："想那曾经学校里的风云人物，如今竟甘心委身乡下，拿一千多块的月薪，教几个孩子读书、画画，分到的宿舍连个厕所都没有……"言语中流露出惋惜。

我向一个同学要了汤汤的联系方式，犹豫了很久，终于还是打了一个电话给她，问她是不是还记得我。

电话很快接通，汤汤的声音没有变，但语气里明显多了一分柔和。寒暄一阵后，我们说到各自的生活，那时我才知道，她任教的学校正是她的母校，也是村里唯一的小学。

风雨飘摇几十年，如今全校的学生加起来还不到一百个。她当时带的班里也只有十九名学生，大多是留守儿童。孩子们都很喜欢她，因为她不像其他老师那样古板、威严，而是像个大姐姐一样温柔、有趣，讲课就像讲故事，而且一有空就会带他们去山里画画。

"汤老师，汤老师——"电话那头，一个小女孩在叫她，声音清脆得像山间的风铃。她轻应着，然后跟我说"再见"，转身便融入朗朗的读书声里。

我本来也是想问一问她的："那你喜欢吗？你现在的生活。"打电话之前，我还在期待着亲耳听到她给的答案，现在想一想，又觉得实在多余。

一个人在那样的环境下，如果能坚持几个星期或是几个月，或许是因为一时兴起的新鲜，但如果能够相安无事地待上好几年，并打算一直待下去，那就应该是喜欢了。至于旁人如何看待，我想她从来不会在意，一如当年在校园时那样。

特立独行，就是在这个世界上可以随时做自己喜欢的事，并保持清醒和笃定，而且永远只听从自己内心的召唤。

3

近日闲暇时，在读冬子的《借山而居》。一个80后的小伙子，花了几千元租下了终南山的一处老宅，在那里写诗，画画，种菜，喂鸡，养鹅，过着很多都市人羡慕的山居小日子。

"终南山的云彩，不但可以盖宫殿，还可以揪一块嚼着吃。"

一个人的文字，映照出一个人的心境。冬子的文笔很诗意，却没有距离感，相反，是山野邻人的亲切和鲜活，也带点小小的慧黠，读起来的感觉，就像遇到一只春天的鹅，它踱着步子，晒着太阳，闻着青草的香味，在自己的小世界里陶然自得。你可以相安无事地站在远处观望它，但你要想去抱它一下，它保准扭头就走开了。

同样，对于借山而居的生活，我也只能远远观望着，因为我知道，你若羡慕那里可以看书的夏夜皎月，就得忍受每两个月从一公里外挑水吃的苦寂；你想欣赏大雪封山的梦幻磅礴，就要承受零下十几度没有暖气的原始酷寒，以及一步一滑地攀爬的危险。

作为一个离乡十余年的异乡人，到目前为止，我生命的一半时间都是在城市中度过的。然而，一个人离开家乡越久，就越不容易回去，就像我们每天咒骂着雾霾，抱怨着交通，排斥着垃圾食品，却又无时无刻不在享受着城市的舒适和便捷——24小时的热水，随处可见的商场和咖啡馆，手机上一百种培植懒人的APP……时间长了，这样的享受也就变成了一种依赖。

所以，喜欢自己过的生活，是理想主义；过自己喜欢的生活，是英雄主义。而通常决定是驾驭还是臣服的，不是金钱，不是时间，而是一个人的心境和魄力。

任何一种生活，都是需要付出代价的，但只要你付出的代价能够换来你想要的结果，那就是最好的生活。

趁早对自己的老年负责

恐惧老去的人，不过是害怕老去后，除了苍老的面容，生命的赐予一无所有。

1

我们小区有位周奶奶，第一次见面就觉得她非常亲切，好像似曾相识一样。渐渐熟悉后，更是愈发喜欢她——那永远慈爱的笑容，永远温和的声线，永远干净得体的衣着……很明显，这位老太太跟大多数的老太太都不一样，她坚持锻炼，喜爱阅读，侍弄花草，给远方的亲人写长长的手信，为邻家的小婴儿缝制虎头布鞋，将自己晾晒的丝瓜络分赠友人，活得温情脉脉又精神奕奕。

有一次，小区停电了，我跟周奶奶坐在墙根晒太阳。我一边百无聊赖地翻看手机，一边看她不急不迫地做着针线活，时间被阳光捻得纤韧安静，像手中的丝线慢悠悠地滑过针眼。那时，刚好远方的女友伊娜打来电话。她的声音隔着话筒传过来，清脆如珠玉，却又有恰到好处的温情，让人打心底生出对人世的爱意。

“呀，对了！”我突然惊喜地对着电话大声说，“难怪觉得身边的老太太似曾相识又无从想起呢，原来她像你啊，老去的你！”

伊娜在那边笑出了声：“你这种表扬可真够特别的，但是，我表示非常中意！”

伊娜是南京人，在网上和她认识数年，一直倾慕她的才情与豪气，热爱她的温良与情怀，并时常独自欣然感叹：得此知己，一生足矣。

两年前，她背着大包小包，坐了十几个小时的火车来这个湘中小城看我，给我送了一堆礼物。小婴儿的毛衣、毛裤，大人的围巾、帽子、手套，满满地堆了一床角，竟然全是她与妈妈亲手织成的。在这样的年代，收到这样的礼物，还是来自一个素未谋面、远隔千里的朋友，真把我感动得热泪盈眶。那一瞬间，心里生出的暖意与震颤，已足够融化余生岁月里的冷漠与苦寒。

那也是我第一次见到伊娜本人。之前她很少在网上传照片，我也不问她要。我觉得，朋友之间，如此交心就好，想那劳什子的相貌作甚？当时，我刚生下小女儿不久，还有些社交恐惧症，但见了她，心情却很放松。熟悉的声音，明媚的笑容，扑面而来的真诚，于是我那接车时的羞涩很快就过去了，到了酒店便立马露出大大咧咧的本性来，可以与她盘腿对坐，谈天说地了。

伊娜有一张恬静天然的脸,笑起来的时候有点儿孩子气，弯弯的眼睛里装着脉脉的善意。想她一肚子锦绣才华，完全有资本做一个孤傲高冷的女子，然而与她相处下来，却觉得她为人待物处处谦逊温润，真是难得。

期间，我们从高档餐厅一路吃到苍蝇馆子，话题也从童年一路聊到了老年。谈及性情时，伊娜说，是她妈妈的温良与豁达影响了她。

伊妈妈慧心满溢，不仅做得一手好菜，还会设计和缝制衣服。伊娜童年时期的衣物都是妈妈亲手做的，比如什么时髦的背带裤、精致的小洋装，穿在身上不仅自信得体，更蕴含着亲情的骄傲和温馨。

伊娜喜欢泡书店，经常一待就是大半天。那时，伊妈妈就会带上自制的美味零食去看她，然后从书架上抽出一本自己喜欢的书来，坐在女儿身边，慢慢地品读。母女俩偶尔间相视一笑，那样的氛围，真是千金不换。

当然，伊妈妈还很可爱，用伊娜的话说，妈妈是越老越无邪了。无邪是多么美妙的品质啊，对于老人来说，尤为珍贵。比如在平安夜的时候，无邪的老人家会小心翼翼地脱掉女儿的一只袜子，在里面装满憨呼呼的五色巧克力，然后悄悄挂在床头。等女儿起床后，她会从门外探进可爱的脑袋，笑眯眯地说：“圣诞快乐啊，我的小朋友。”

这些细微的片段，是爱的备忘录，也是生活的启示书。

感谢伊娜，从记忆的抽屉里取出带着余温的生活片段，摊开在我面前，与我分享。那一刻，我也终于明白，之前自己所珍爱的伊娜身上的所有美好和光芒，都是来自哪一处丰盛的源头。

2

朋友散的妈妈喜欢跳舞，心境温和明亮，身材一直保持得非常好，就连脸上也未有太多老去的痕迹，轻松跨上自行车的姿态与矫健的青年无异，以至于我笔行至此还要犹豫一下，将“老人家”三个字放在她身上，是不是有点不太合适。

散妈妈年轻时是个美人，如今年岁老去，则沉淀成这般岁月流金的美丽。记得第一次在博客见到散妈妈的照片，就觉得她有独特的气质，像《良友》杂志的封面名媛。为这句话，散专程请我喝茶，一来二去，我们成了贴心的好友。

散是女神级别的人物，某大学的舞蹈教师，学生们口中的散姐姐，温暖自持，元气满满。她生得美，更懂得尊重与爱护自己的美，这一点，让我尤为敬佩。她是真正的舞者，日复一日、年复一年的身体淬炼与心灵修行，足以让汗水浸透的每一件舞衣都拥有战袍一样的意义。

对比着女神级别的散和名媛气质的散妈妈，我不禁在心底感叹：女人身上的美，也是可以传承的。

这世间天生丽质的女子很多，但真正能从小美到大，从年轻美到老的，终究还是少了些。有人说，女人的相貌，四十岁之前由父母决定，四十岁之后由自己决定，这样的话还是有道理的。至少，如果没有一颗善良、坚韧、明亮、丰饶的内心，只是凭着父母给的长相、化妆品的保养、整容手术刀的精准，怕也是难以与时间抗衡。所以，一个人后半生的状态，通常都会深受前半生生活的影响。相由心生，人到中年，一切的美丑就此分野，显而易见。

就像长久恒定的善意与慧心自然会滋生出温和的眼神，刻画出慈爱的面容，流露出洁净迷人的韵味，这些融合在一起，便能构成美人不惧岁月、不负生命的真正底气。

反之，长期生活在怨恨、不满、心机之中，生命就会变成一场苦役，久而久之，心灵受到折磨，容颜也会发生改变，整个人都成为负能量的载体，那时呈现在别人眼前的，就是一张被岁月诅咒的脸。

在我真切的生活中，我见过不少老太太，她们散发着浑浊的口气，身材臃肿不堪，言辞尖酸刻薄，表情凶神恶煞，活脱脱像从童话里走出来的巫婆。比如那天在菜市场，就有一个牵着小狗的老太太，只是因为几句口角，就将路边小贩的水果全部踩烂。她喋喋不休地谩骂着，咬牙切齿，指天为誓，恨不得屠杀掉整条街的人。

每当那样的时刻，我总是忍不住想象她们老去前的样子。她们这一路的人生，究竟是与世界有过多大的仇苦怨深，以至于被心中的怨毒与尖刺摧残成了今日这副丑陋的姿态，又麻木到不自知呢？

在现实生活中，我也认识不少老太太，她们有着不同的相貌，不同的性格，不同的地域，不同的人生，但相通的是，她们都有着慈爱温良的眼神，独立健全的人格，睿智从容的心态，饱满干净的灵魂……这些美丽可贵的品质，是岁月应有的馈赠，也是生命长久的根植。前半生的善因，后半生的福泽，她们老了，但老得银光闪闪，比如前文中提到的周奶奶、伊妈妈、散妈妈，又或者几十年后老去的伊娜与散。

伊娜在微信里说："当我们老了，我们可以一起包馄饨，锅里飘着白云，脸上泛着笑意。老人们走过的路，我们慢慢走。"

于是忍不住想象自己以后的样子。十年后，会是怎样？会有什么样的身材，什么样的面容，什么样的内心？二十年后，三十年后，四十年后呢？

十几岁的时候，穿着飘扬的白衣在校园的跑道上一路飞奔，觉得人生多么漫长，三十岁、四十岁是那么遥不可及。如今三十岁过去，回首相望，时光飕飕，十几年也不过是闭目一瞬的事情。

老去也一样。你怕老吗？

其实每一段年龄都有不同的风景和收获，而恐惧老去的人，不过是害怕老去后，除了苍老的面容，生命的赐予一无所有。

那么，趁早为自己的老年负责吧。在这条人生的必经之路上，无论遇到什么风景，什么天气，都希望自己可以面带微笑，保持善意与坚韧，慢慢地走，慢慢地修行。

把人生变得有趣是一种超能力

把干巴巴的人生变得鲜活有趣，就是一种超能力啊！

关于人生中的赏心乐事，苏东坡列举了十六件：

一、清溪浅水行舟；

二、微雨竹窗夜话；

三、暑至临溪濯足；

四、雨后登楼看山；

五、柳荫堤畔闲行；

六、花坞樽前微笑；

七、隔江山寺闻钟；

八、月下东邻吹箫；

九、晨兴半炷茗香；

十、午倦一方藤枕；

十一、开瓮勿逢陶谢；

十二、接客不着衣冠；

十三、乞得名花盛开；

十四、飞来家禽自语；

十五、客至汲泉烹茶；

十六、抚琴听者知音。

到了晚明，妙人金圣叹又列举了三十三则“不亦快哉”，后得林语堂、三毛、梁实秋、李敖等人效仿，各自写下生活中的快事，可谓才情流溢、活色生香、赏心悦目之余，亦被世人传为美谈。

十几年前，村上春树又在书中创造了一个词，叫作“小确幸”，概括人生中微小而又确切的幸福，并坦言，没有小确幸的人生不过是干巴巴的沙漠而已。

读到此处，顿觉村上君可爱无比，而且从某种维度上来说，我们也可以做幸福的“同谋”——把干巴巴的人生变得鲜活有趣，就是一种超能力啊！

而在这复杂又忙碌的世界里，又有多少美妙的时刻因为微小而被遗落在生活的角落里呢？好在遇见的方式低碳、环保又简单，想要拥有，留心即可。

所以，当你翻开这一页时，我很期待与你在文字里相视一笑，如同接通心底的河流，泛起温柔又绵软的欣慰。那一刻，我们就是同类。

1. 收到手写信，美妙时刻！

2. 与陌生人拼桌，相谈甚欢，美妙时刻！

3. 一条新围巾拯救了一件旧外套，美妙时刻！

4. 雨声潺潺，某人打着伞，向你走来，美妙时刻！

5. 鼻子捕捉到了修剪草坪后的草香气，美妙时刻！

6. 买到了合适的Bra，美妙时刻！

7. 购物车里的商品莫名其妙地降价了，美妙时刻！

8. 爱人的白衬衫晾晒在阳台上，美妙时刻！

9. 和喵星人一起享受午后的阳光，美妙时刻！

10. 同事们谈论的城市，刚好有你的朋友，美妙时刻！

11. 清晨被鸟鸣吵醒，美妙时刻！

12. 躺在落满银杏叶的林子里，美妙时刻！

13. 能准确地喊出一朵野花的名字，美妙时刻！

14. 喜欢的歌手来你的城市开演唱会，美妙时刻！

15. 用凤仙花染指甲，美妙时刻！

16. 在书上狠狠画线，美妙时刻！

17. 闹钟响了，今天是周末，美妙时刻！

18. 烤出很多形状怪异的小饼干，像一个怪兽聚会，美妙时刻！

19. 买一堆蔬菜，花花绿绿地放在篮子里，美妙时刻！

20. 看电影，爆米花塞在嘴巴里，美妙时刻！

21. 一个人吃茶，美妙时刻！

22. 邻居老太太唱戏，“咿咿呀呀”声传过来，美妙时刻！

23. 夏夜蛙鸣鼓噪，光脚歇凉，美妙时刻！

24. 骑自行车兜风，美妙时刻！

25. 在雪地上行走，新鞋子“嘎吱嘎吱”响，美妙时刻！

26. 给想念的人发信息，秒回，美妙时刻！

27. 与陌生人相视一笑，美妙时刻！

28. 电梯“心有灵犀”地为你打开了，美妙时刻！

29. 绝望地排着长队，隔壁窗口突然开了，美妙时刻！

30. 在浴室里大声唱歌，美妙时刻！

31. 一头扎进新床单的“体香”里，美妙时刻！

32. 长途列车上，旁边坐着一个有趣又健谈的家伙，美妙时刻！

33. 做手工，收起最后一个针脚，美妙时刻！

34. 晒月亮，美妙时刻！

35. 失而复得，美妙时刻！

36. 虚惊一场，美妙时刻！

37. 试一件眼馋已久的新衣服，美妙时刻！

38. 听朋友读诗，美妙时刻！

39. 谈论儿时的趣事，像小孩子交换玩具，美妙时刻！

40. 与老友相视大笑，美妙时刻！

41. 冬夜烫脚，美妙时刻！

42. 大雪纷飞日，涮火锅，美妙时刻！

43. 牵汪星人溜达，美妙时刻！

44. 在朋友面前打了个漂亮的响指，美妙时刻！

45. 煎了一个完美的荷包蛋，美妙时刻！

46. 老板的表扬，拐了几道弯再传到耳朵里，美妙时刻！

47. 扫荡桌子后打了个响亮的饱嗝，美妙时刻！

48. 加班时酣畅打盹，满血复活，美妙时刻！

49. 与闺密盘膝对坐，叽叽喳喳地聊八卦，美妙时刻！

50. 走路出行，天气大好，美妙时刻！

51. 正要打电话给朋友，朋友刚好打过来，美妙时刻！

52. 免费 Wi Fi，美妙时刻！

53. 周末打扫房间后享受咖啡，美妙时刻！

54. 伸脖待食，美妙时刻！

55. 戴上耳机，独吞一首曲子，美妙时刻！

56. 他乡遇故音，亲切得土掉渣，美妙时刻！

57. 抢到最后一张回家的车票，美妙时刻！

58. 向妈妈撒娇，美妙时刻！

59. 跟父亲打牌，美妙时刻！

60. 与小婴儿同眠，美妙时刻！

61. 被小狗吮吸手指头，美妙时刻！

62. 穿风衣的时候吹大风，帅极了，美妙时刻！

63. 桂花开了，美妙时刻！

64. 提前放假，美妙时刻！

65. 坐着楼梯栏杆一直滑下去，美妙时刻！

66. 晚班后坐公交，整个公交车都被你承包了，美妙时刻！

67. 听电台故事，啊，小心耳朵会怀孕，美妙时刻！

68. 被窝里讲悄悄话，美妙时刻！

如果痛苦是人生的底色

在可以选择的这一生里，千万不要浪费了让自己快乐的能力。

你会花2个月时间，开着车子在你的房前出来进去。

花7个月的时间享受性爱。

花37年的时间来沉睡，闭紧双眼。

7个月的时间，你都坐在马桶上胡乱地翻看杂志。

你会一次经历完所有痛苦，那是整整27个小时的艰难时光：骨折、撞车、皮肤被割裂、婴儿降生……可一旦你能熬过去，余下的来世时光就不会再受这种痛苦的煎熬。

然而，这并不意味着接下来的生活都甜甜美美，安然无忧：

你要花 6 天时间修剪指甲。

15 个月的时间寻找丢失的物品。

18 个月的时间用来排队。

2 年的时间用来打发无聊——目光空洞地望着汽车的玻璃窗外，漫无目的地坐在机场的接机厅里，或是网上在线等候。

1 年时间用于阅读，你的眼睛酸痛，皮肤瘙痒，终于接下来轮到你去洗澡，一个持续 200 天的马拉松长澡。

2 个星期时间，用于想象自己死后的生活会是什么样，并用 1 分钟感受自己的身体状况在下降。

77 个小时，用来迷惑不解。

1 个钟头，用来懊悔自己忘掉了某人的名字。

3 周时间，用于认识到自己错了。

2 天时间用来撒谎。

6 个星期时间用来等候红色交通信号灯，7 个钟头时间用来呕吐。

15 分钟时间，用来感受单纯的快乐。

3 个月时间用来洗衣服。

15 个小时用来签名。

2 天时间用于系鞋带。

67 天时间用来感受心碎的滋味。

5 个星期时间开车迷路。

3 天时间用来计算该给酒店多少小费。

51 天时间决定穿什么衣服。

9 天时间用来假装你也明白别人在谈论什么。

2 个星期时间在用手点钞票。

18 天时间在电冰箱里面找东西。

34 天时间用来企盼。

6 个星期时间在看商业广告。

4 周时间坐在那里考虑是不是有更值得做的事情。

3 年时间在吞咽食物。

5 天时间在捣弄衣服的纽扣和拉链。

4 分钟时间在考虑，如果现在经历的事件可以重新调整一下次序，生活将会如何。

以上内容来源于神经科学家大卫·伊格曼的《生命的清单》。在书中，大卫·伊格曼异想天开地给我们虚构了一个来世——当我们的生命终结后，将在来世把生前的生活经历重新复制一遍，但跟上次不同的是，这次所有的事件都要经过重新调整顺序，然后把情景和感受归类合并在一起，如上面所列的清单。

那时，所有的人都会想念上一次的生命吧！显而易见，前者纵然痛苦有时，无聊有时，茫然有时，疲惫有时，后悔有时，也不至于像后者一样，重复，重复，无休无止地重复，重复到令人发指，无法忍受。

“在来世的这个部分，你想象着一种与你生前的尘世生活类似的状况。这种想法让你感觉无比幸福：那该是一种多么美好的生活啊！在那里，所有生活事件都被拆分成更容易忍受的小块儿；在那里，每个单独的情景都不是在没完没了地持续；在那里，人们可以不停地从一个事件跳到另一个事件，就像孩子们在灼热的沙土上跳房子，尽情地享受在格子间跳来跳去的愉悦。”

一句美好的话，重复听上一千遍，就会味同嚼蜡。一件快乐的事，重复做上一千遍，也会麻木疲劳。而我们之所以能在生活中感受到愉悦，就是因为所有的事件、场景、情感都被时间拆分成为独立的个体，冥冥之中互有牵引，却互不干涉，我们可以按照自己的喜好选择，从而感受到自由。

相反，若真有大卫·伊格曼笔下的来世，我们虽然得到了持续的生命，却失去了可贵的自由。不能选择，不能努力去争取，实则也就失去了生活本身和生命的意义，更遑论什么美好、希望和幸福了。

还记得那天，有位姑娘跟我吐槽。她说：“姐姐，我的人生真是太痛苦了，要工作，要考级，要养老，要还贷，各种各样的压力。每天站在地铁口时，我就觉得自己是只疲于奔命的小蚂蚁，说不定哪一天，就被命运踩死了。”

于是，我就给她看了这本《生命的清单》，希望她在畅游过大卫·伊格曼的脑洞之后，可以得到新的看待生活的方式，而不是觉得当下的生活了无生趣，痛苦非常。因为，她完全可以选择乐观。

第一，你要工作，是因为你拥有一份工作，有收入的来源，非常好啊！

第二，你要考级，是因为你渴望变得更优秀，有了目标，就有了奋斗的方向，不至于迷茫。

第三，你要养老，是因为你有老可养，相比那些“子欲养而亲不待”的人，要幸福得多！

第四，你要还贷，也是因为你有房可还，在这么多人漂泊的大城市里，你有了自己的家，有了遮风避雨的地方，多温暖啊。

最后，我想说，亲爱的姑娘，你其实就是累了。一方面，是身体上的疲累；一方面，是心理上的压力。两者相加，你才会觉得痛苦。

所以，在可以选择的这一生里，千万不要浪费了让自己快乐的能力。不妨试着给自己解解压。如果痛苦真的是人生的底色，那就尽量把它涂得好看一些。

付出感，是感情中的大忌

一个女人，你可以丑，可以老，可以穷，但千万不要变成怨妇。

看一档情感节目，妻子想挽回丈夫的心，不惜当着全场观众的面，一遍一遍地控诉："若不是我，他怎能有今天？如今他忘了，忘了我这一路的付出。"

然后，她历数自己十余年的付出，如一个施恩者，打开了一卷长长的清单：当初，是如何为其借钱做生意，如何日夜照顾手术后的他，如何在争吵后为他辗转失眠……从生活到情感，从日常到隐私，事无巨细，情节清晰，都可以做一个 PPT 了。

她的丈夫在一边沉默着，没有打断她，但眼神里，显然没有了温情。主持人问丈夫："你有什么想在这里跟她说的吗？"

他说："我坚持我的想法，财产归她，只要能分开。这个想法，不是一时冲动，而是我冷静之后，考虑良久的结果。因为这些年，我面对她，实在是太累了。"

妻子听完，失声大哭。

节目播完后，我心里有些感叹。作为家庭妇女，我其实很理解那位妻子的不易和付出，但是，我很不认同她身上扑面而来的付出感。

如果一个人长期活在自我感动和付出感中，就很容易撞进情感绑架的误区，人也会变得越来越狭隘，越来越偏激，最后只能一步一步地把自己逼进伤人害己的死胡同。

试想了一下，换作我是那个丈夫，整日面对那样的环境，怕也是无法承受的，逃离是迟早的事情。

不管是哪一种情感关系，亲情、友谊、恋爱、婚姻，没有人不渴望轻松温柔的气氛。相反，则会由累生倦，由倦生厌。

冰冻三尺，非一日之寒。一颗付出感爆棚的心，不仅会释放出源源不断的负能量，日积月累，总有一天会引来情感的漫天雪崩。

而且，付出感通常还会伴有强烈的自我感动，如同一个沉溺在自己剧本里的人，自己做自己的演员，自己做自己的观众，自己落自己的眼泪，而忘了与生活好好沟通。

于是，一旦所得不能符合内心的期待，或是情感关系骤然瓦解，你就会失去全部的安全感。甚至，你都不知道，是哪一句抱怨耗尽了对方对你的最后一点负疚，不知道是哪一次多疑成为压垮情感的最后一根稻草。

是啊，失败并不可怕，真正可怕的，是不知道自己败在了哪里。而从某种意义上来说，付出感也等于情感的自残。

“若不是我，他怎会有今天？”这样的话，没有必要挂在嘴边，因为说一次，就伤一次，也就失望一次。

“若不是你，我怎会变成这样？”一个女人，你可以丑，可以老，可以穷，但千万不要变成怨妇。

“人和人之间，想要保持长久舒适的关系，靠的是共性和吸引，而不是压迫、捆绑、奉承和一味地付出以及道德式的自我感动。”

诚然，每一段关系都离不开付出，但前提是你心甘情愿，否则就会心生怨尤。

所以，与其让付出感和自我感动摧残自己，摧毁感情，不如清醒地认知自己，提升自己。与其用往事去捆绑他，刺疼他，不如用魅力去吸引他，打动他，然后多一些沟通，少一些抱怨；多一些理解，少一些索求。如此，也能从容地应对外界的变迁，即便当一种关系面临瓦解时，你还能拥有一个完整的自我，以及一套健全的情感体系，而不是葬送了爱，又失去了尊严。

“脆弱的人才会四处诉说自己的不幸，坚强的人只会不动声色地愈渐强大。”

就像在婚姻中，聪明的人通常可以把最初的恩情升华成爱，而愚蠢的人，则只会刷付出感，直到活生生地把一份感情变成债。

PART 4

剔除掉不好的习惯，中间的过程可能会伤筋动骨，但只要做到了，你就会长出更坚韧的筋骨，拥有更强大的精气神儿。

世界很残酷
更要学着强大

打开前任的最佳方式

心如止水，才是打开前任的最佳方式。过得更好，方是对失恋的最好反击。

亲戚家有一个叫小薇的姑娘，最近与男友分手了，心情抑郁得很。

她妈妈跟我倾诉："这孩子，春节好不容易回一趟家，却整天将自己关在房间里，对着手机掉眼泪，真让人担心。"

我去见她，她抬起头看着我，气色很不好，整张脸都是浮肿的。想来，她一定是又哭了很久。我问她："可不可以跟我说一说？"

一段长久的沉默后，她终于肯开口告诉我："姐姐，不过是旧情难断，又不能回头。"

因为她男友的新欢，是她的同事。很烂俗的桥段啊，他们瞒着她交往，她是最后一个知道的。低头不见抬头见，她一口气堵在胸口，吐不出来又咽不下去，只能狠心断了所有退路，希望不至于输得那么难堪，提出分手后又麻溜地递交了辞呈。所以，她不仅失恋了，还失业了。

她说："只是没想到，没有他的日子，一分一秒都是这样难挨。回家后，不用再伪装坚强，但也无时无刻不在思念着他。越思念，也就越气恼、怨恨。"

他是她的初恋，从大学到公司，在一起三年了，一千多个日日夜夜。那么多的记忆堆在心里，甜蜜与痛苦夹杂在一起，剪不断，理还乱……

我发现，在整个聊天的过程中，她都一直拿着手机。如她所说，这部手机里，保留了太多相爱的痕迹，那些短信、语音、视频，她都舍不得删。甚至，就连手机本身，也是见证他们爱情的信物，那是他用将近一个月的工资给她买的。

于是，联想到前段看过的一本叫《断舍离》的书，我想，小薇姑娘这样的状况，应该是很需要给感情做一次"断舍离"了。

何为"断舍离"？

断：断绝不需要的东西，停止负面的思考模式。

舍：舍弃多余的废物，割舍既有。

离：脱离对物品的执念，让自己处于宽敞舒适、自由自在的空间。

"断舍离"本是日本杂物管理咨询师山下英子提出的概

念，核心思想是让人活在当下，从关注物品转换成关注自我，摆脱无效物品的“绑架”，给生活做减法，重新整理环境，清空杂念，从而享受自由舒适的人生。

记得那天看完书后，我第一时间整理了自己的衣柜，把那些多年未穿的衣服全部处理掉。然后是书籍和报刊，积压的杂物，过期的药品，厨房里无数个塑料袋……全部清理完这些平时舍不得又用不着的“鸡肋”后，顿觉环境清爽多了。

另外，在网络上，我也退出了所有平时不用的群，删除了朋友圈里代购广告满天飞的微信好友，取消了很多无意义的关注……时间宝贵，不应该浪费在一些无效而低能的事情上。

其实感情也一样。你总以为少了某件物品就过不下去了，然而未必，就像少了某个人，你的世界也不会崩塌。

小薇姑娘虽然与男友分手了，但心里并未真正地做出了断。

首先，逃避现实，选择了辞职，希望可以眼不见为净。

其次，执着于过去，沉溺于回忆不可自拔。

再次，担忧未来，没有他的日子应该怎么度过。

而她不知道，当一份感情带来的只有痛苦的时候，那些见证旧爱的痕迹，以及纠结不清的回忆，就会化作思想的枷锁、情感的垃圾。

如果不能断，不想舍，不愿离，就只能被其牵绊，为其所累，继而故步自封，失去自我，不由自主地进入负面情绪的死循环，一悲皆苦，环环相扣。

你看不见爱你的亲人，也忘了前路还有更好的风景，甚至你的身体也会受到伤害。你不得不承认，心理与生理，从来就是一荣俱荣，一损俱损的，长久的悲痛和怨气最终伤害到的也只有自己。

而“断舍离”，首先就是让你审视自己，认清自己与这段感情的关系。你可以不知道自己想要什么，但一定要清楚自己不想要什么，然后，拿出勇气——

断：当机立断，清理掉情感垃圾，给心一个轻松舒适的空间，给生活更多的可能和遇见。

舍：有舍才有得，“舍得”一词，适用于生活禅，更适合于爱情经。

离：旧情不在后，正好给自己一个新的开始。

所以，不如放下思念，放下怨恨，由伤怀变成释怀。环顾四周，也不是每一个人进入我们的生活后，都会成为礼物。

而且，退一万步说，也不过是一次失恋而已，根本犯不着为了一个过去而搭进整个未来。因为说到底，你忘不了他，只是习惯了有他。

断、舍、离，就是要剔除掉旧的习惯，中间的过程可能会伤筋动骨，但只要做到了，你就会长出更坚韧的筋骨，拥有更强大的精气神儿。

毕竟，心如止水，才是打开前任的最佳方式。过得更好，方是对失恋的最好反击。

又忍不住联系他了？

不妨先阅读这份《失恋治愈手册》……

1. 面对

是的，没错，你失恋了，但是，世界依然在转，生活还要继续。

2. 宣泄

想哭就尽情地哭吧，哭完了别忘了洗个热水澡，蒙头睡一觉，第二天起来，对着镜子说："嘿，你配得起更好的。"

3. 反省

我们为何会走到这一步？有错改之，无错勉之。

4. 树洞

给自己挖一个树洞：草稿箱、日记本，或是微博小号，尽可任性地倾诉。有空的时候，还能用旁观者的心态来审视一番。沉溺过去，真的值得吗？

5. 提醒

又忍不住去联系他了？可以在手腕上放一个橡皮筋，犯傻时，就狠狠地弹自己一下，疼痛让人清醒。

6. 亲情

给妈妈打个电话，在爸爸怀里撒个娇，他们永远是最爱你的人。放心，他们不会真的去宰了他。

7. 友情

呼朋唤友，“陪君醉笑三万场，不诉离殇”。

8. 忙

忙是解决很多问题的良药。把生活的重心放到工作中，尽量地让自己忙起来。你看，那么忙的人，哪有空悲伤？

9. 旅行

给自己放个假，出一趟远门，不同的风景，将带给你不同的心境。

10. 阅读

多读书，读好书，智慧的文字可以抚慰人心，也可以觉悟人生。

11. 运动

化悲痛为力量，为肌肉，为马甲线……

12. 刷新外在

换个新发型，换个新的穿衣风格，用焕然一新的外在，唤醒沉重的内心。

13. 享受独处

不如把这一段空窗期彻底利用起来，顺便提升一下单身的自己。

14. 新恋情

当“删除键”不彻底时，不妨试一试“替换键”。寻找一份新的恋情，好好去珍惜。

15. 时间

时间可以平复一切，总有一天，伤痕会结疤，往事会看淡。向前走，莫回头，我相信时间，更相信你。

你只是欠自己一个幸福的模样

人不惧等待，唯独怕无望。

1

风信子小姐在和一个已婚男人交往，五年了，一直瞒着朋友和家人。

而在生活中，她一直是个大家都公认的好女孩。到什么程度呢？就是如果她说她在跟已婚男人交往，都没有人会相信。

可是，正因为如此，她才感觉异常痛苦，就连哭，都只能在夜深人静的时候。这样的痛苦，甚至等同于在爱情中所受的煎熬，不能见光的感情，也将注定是苦涩大于甜蜜的吧。

她说："有时候，我真的很羡慕那些天生反骨的女孩子，可以不管不顾地去追求自己的生活，或许更好，也或许更坏，但总不至于像我现在这样，日复一日地伪装和消耗。我都出现心理问题了……”

我说：“那为何不选择离开？我希望你能够正视这个问题，而不是来找我做一次单纯的倾诉，从而得到安慰。”

她说：“不甘心。五年了，最初的爱已经在一次又一次的争吵和猜忌中消磨，如今还剩下什么呢？也只有不甘心了。”

我没有再问她，只是讲了两个身边人的故事给她听。

2

第一个姑娘，暂且叫她 A 小姐吧。我第一次见到 A 小姐的时候，正在某座城市里给亲戚看店。那时，应该是她一生中的“黄金时代”吧，二十出头的年纪，穿了很张扬的红裙子，配一双高跟鞋，站在批发市场的过道上，风风火火地给客户开订单，看起来像一只逗留于市井的红狐，美丽又惹眼。

待我和A小姐慢慢熟络后，发现她的性格也是直爽泼辣，不拘小节，而且待人热忱仗义，一个人就能把生意打理得井井有条。总的来说，A 小姐真是没有什么可挑剔的，是一位值得深交的朋友。

只有一点，虽然那时我年纪尚轻，但也能隐约感觉到不一样的气氛，比如她和她姐夫的关系，有些亲昵得过了头。

她背后已经有不少人窃窃指点她，说她勾引了自己的姐夫——在男女关系上，女人总是受人指责的那一方。

A小姐的姐夫，长相帅气，头脑精明，很有成熟男士气质。据说，只是短短的几年时间，他就从一无所有做到了小有资产，手头有了好几家批发部，其中一家就是由A小姐在管理。

A小姐的姐姐我也是见过的，她对生意完全没兴趣，整日沉迷于麻将，一年到头也来不了店里几次。至于那些关于她妹妹的风言风语，她全都装作没听见。

也许是需要找一个人倾诉，而当时的我作为一个外地的小姑娘，显然比较符合要求，于是在一次进货的途中，A小姐向我说起了她和她姐夫的事情。

她说，你听到的那些传言都是真的，确实是我主动追求我姐夫的。我们在一起都快三年了，你也看到了，我姐姐她根本就不算一个好妻子，而我，完全可以给姐夫带来新的幸福。然后，她又说，可惜你现在还不懂。

那时我也确实不太懂她说的那种感情，可以为了一个人，永远地等下去，可以什么都不在乎，包括女孩子都看重的名分和名声。

然而，现实通常会告诉我们，一个名声不太好的姑娘，在那样的小地方，总归是要活得比一般人辛苦。

后来我很快离开了那座城市，与A小姐也疏于联系了，只是偶尔从亲戚那里得到她的消息——她妈妈以死相逼，让她离开那里；她姐姐生了个胖小子；她姐夫生意做赔了；她嫁人了；她撑起了一家店……

两年前，我路过 A 小姐的城市，于是去她的店铺里小坐了一会。十余年不见，我竟差点认不出她来——那时站在我面前的，分明是另外一个人。

她过得并不好，一个人开店，一个人带孩子，和夫家的关系闹得很僵。她老了好多，憔悴了，心气儿全无。

我不想过多地去窥探和猜测这些年在她身上都发生了什么，有过多少不为人知的绝望和苦痛，但我知道，三十岁之后，一个人的脸就是一个人的生活。

3

第二位姑娘，B 小姐，她爱上的人是她的上司。

据她所说，对方是一个很有魅力的男人，她跟他在一起七年，都相安无事。当然，不是他表现得有多么滴水不漏，而是她足够为他设身处地。她从不主动要求什么，也从不打扰他的生活，她觉得，爱情，你情我愿就好，又何必在意形式。

直到有一天，她发现自己的眼角开始有细纹爬上来，她才开始认真地思索，这一份绵绵无绝期的等待是不是真的值得。

比如，一个人走在异乡的街头，节日的氛围无孔不入，灯火漫天的城市晃过一张张温馨的脸。她抱着他用电话为她订好的鲜花和礼物，却感觉不到一点温度。

而街道的对面，一个女孩子背着廉价的包——上面镶着夸张的 LOGO，正在霓虹的灯光下奔向她的男友。那个男生，会弯腰给她系好鞋带，也会举起一个烤红薯，小心地吹着气，慢慢剥开来，一口一口递给身边人。他们四目相对，温柔满溢，抵得过千金富贵。

不久后，B 小姐的上司要调离到国外任职，归期遥遥。她知道，陪同他的，还有他的妻儿。

临走之前，他约她出来，说："如果你愿意，你再等等我……我知道，你是最懂我的……如果有下辈子，我一定好好补偿你。"

她不知道还要不要等他，于是问我："打败爱情的是时间吗？"

她说："可以打败爱情的，从来只有人心。"

他心里对她有多少爱呢？我想，远远不及他对自己的爱吧。而一个女人的青春，有多少个七年？人生又有多少个七年？更别说下辈子了。

如果真的有下辈子，他这辈子有一百个理由让你等下辈子，下辈子他就有一千个理由让你等下下辈子。人不惧等待，唯独怕无望。

故事说完，我再问风信子小姐："那么你呢，还要继续这段感情吗？"她不说话。

我想，还是因为不甘心吧。而这不甘心，多像一个赌徒说的话："输掉了这么多，我不甘心。"而她，就做了爱情的赌徒。

就像生活中的赌徒，尽管每下一次注，每输一次，心里都会疼痛万分，但依旧会用之前胜利的记忆麻痹自己：“我也赢过啊，那赢过的感觉多么好，君临天下，千金复来，或许，或许就在下一次呢？”可总是事与愿违。

输一万，不甘心；输十万，更不甘心。于是，他输了一次又一次，越输越多，最后把本钱也全部搭进去。他想赢，却不知道，收手就是赢。

每个人都只有一生，你怎舍得浪费给不值得的人？

亲爱的风信子小姐，其实你来找我的时候，我就知道你心里有了答案。你看，你留给我的名字，风信子，我想聪明如你，一定知道风信子代表的含义吧——花期过后，若要再开花，需要剪掉之前奄奄一息的花朵。

是的，风信子代表着重生，我也期待着你的重生，就像你自己在心底期待的那样。

拿起勇气，放下执念。亲爱的姑娘，你还欠自己一个幸福的模样。

愿迷途的人，都能知返

有一天，我们结结实实地受伤了，才会蓦然回首来时路，才会懂得，原来迷途知返也是一种值得骄傲的智慧。

1

如我所愿，小M终于失恋了。她的男朋友，哦不，现在应该称之为前任，那个她从高中时代就开始爱慕的人，竟然用一种可耻又可悲的方式，断送了她对这份爱情的全部憧憬，以及想要与他一起吃苦奋斗的决心。

记得半年前，小M与我见面，在小区外的马路上，我们有一搭没一搭地聊起青春和爱情。当时，我就忍不住提醒她："你口中所说的这个忧郁冷酷的迷人男生，不是不够爱你，而是根本就不爱你。为一个不爱你的人付出这么多，何苦呢？"

她低头沉默了一小会儿后，很快仰脸微笑，眼睛里也再次神采奕奕：“可是姐姐，我愿意吃这份苦。”

“我愿意”，这是世间有多少真理也奈何不得的三个字啊。我知道，小M愿意为他洗衣做饭，愿意省吃俭用给他买各种各样的礼物，愿意对他嘘寒问暖，愿意将他捧在手心，还愿意把一句“你辛苦了”当成情话，感动半天。

“姐姐，你不懂的，如果你也曾在十六岁的时候就开始爱一个人，在灰头土脸、蔓草丛生的青春岁月里把他当成前方唯一的光亮，时时刻刻都在踮起脚尖向他靠近——你很用功、很用功地学习，只为有一天能和他呼吸同一所大学里的空气；你很努力、很努力地减肥，只因他说过女生清瘦一些会比较好看……当你经历过那么多的相思、煎熬、等待，你就会明白，这样的爱情，足以成为一个人的信仰，一个人的命定。”

而就在前几天，当小M拎着汤盒去给实习期间加班的他补充营养时，看到的却是他拉着年过半百的女老板的手，坐进车里，双双离开的狗血一幕。

透过车窗玻璃，他们亲密的举动让站在艳阳下的她打了个寒战。大脑真空了大约一个小时后，她还是忍不住给他打了电话。伴随着房间里哗哗的水声，他甚至都懒得骗她：“就是你看到的那样，我受够了一穷二白的生活，而她能给我的，是我奋斗一辈子也难以实现的梦想。”

挂掉电话，她大哭了一场，把自己关在房间里，一点一点地推敲过去。她如此卑微地爱着他，他却给了她如此卑贱的一击。

她哽咽着说："姐姐，我不怕失败，我只是受不了这种失败的方式。时至今日，我才知道，这条青春的弯路，我竟然走了这么远。"

2

曾有人告诉我，深深爱错一个人，就像加入邪教组织一样，旁观者清，当局者迷，别人的劝是没有用的，只有自己经历过切肤之痛后，才能醒悟了然。

我不曾加入过邪教组织，但却亲身经历过传销——其实跟邪教组织也没有太多本质上的不同。那一段日子，也应该算是我青春年代里走得最曲折的一条弯路了。

很多年前，我在南方的一座城市打工，是一家彩印厂，每天工作十几个小时，负责用胶水黏合封面。工作算不上特别辛苦，只是枯燥无味到令人发指，无数次地重复一个动作，生活也像是被复印了。

有一天，当我站起身来环顾车间时，突然悲哀地发现，如果不用吃喝，自己跟车间里的那一排排机器真的没有什么区别。

两个月后，我决定辞掉工作，去投奔夏天。夏天是我在家乡技校认识的同学，当时我们结业后各自分开，南北相隔，只能很频繁地通信，互诉思念和心事。在信中，她告诉我，如果不想做这份工了，可以去她工作的城市找她。

就那样，我背着包，坐上了那辆纵贯中国南北的绿皮火车。二十四小时的车程，窗外变换着不可预知的风景，我心里揣着不可预知的未来。可是青春万岁，这一切的不可预知都多么让人振奋。

夏天工作的地方在一间位于城郊的出租屋里，屋里住着很多人。男的，女的，老的，少的，他们来自全国各地，也无不热情而振奋，彼此之间的称呼是“X 总”——至少他们都深深相信，成为“X 总”，指日可待。

夏天告诉我，他们所做的是一件大事——直复式连锁。“没听过吧，能赚大钱，国外很多人做这个都发财了……”我点头如捣蒜：“好啊好啊，我也想发财。”

于是，在每天清晨，由一个前辈带着夏天，夏天带着我，我们一家一家地去拜访可以给我们精神指引的前辈。然后，我看到很多由这样的出租屋组成的“家”。大家每天都要相互“串网”，用兜里装着的笔和本子记下新来的人的联系方式，以及相互鼓励的话。

在每个周末的晚上，附近的五六个“家”就会进行一次小型的听课，“家长”们会轮流演讲发言，声情并茂，慷慨激昂。演讲的内容大致可以分成“我们公司 ××× 的奋斗史”“论公司产品的神奇功能”“怎样成功地发展一名下属之一二三四五六七”“如何用十块钱度过三十天”……其中最让我震惊的，当属“如何用十块钱度过三十天”。据说，那个前辈每天只喝一碗稀饭，最后还能凭借自己惊人的毅力和魄力，成功签下N名下属（下线）。

这让作为夏天下属的我感到十分羞愧。我不仅拿不出钱来购买入会产品，还每餐胃口特好，能吃两碗饭呢。

夏天说："没关系，实在没钱，我们共用一张会员卡，我们一起发展下属！"这话让我感动得恨不得把命给她。

尽管夏天的申请很快被领导驳回了，不过领导也表示，可以适当通融一下，给我一次留下来学习的机会。于是，我就留下来了，一留就是两个月。

期间，我叫了我大伯的女儿过来"共襄盛举"，但她很快被男友劝走了。我去车站送她，用年少无知的脸仰望苍穹，替她感到深深惋惜。夏天也陆续用"善意的谎言"喊了几个朋友过来，可最终都没能成功签约。

两个月后，北方的冬天到来了，我身上的钱已尽数花光，剩下的日子全靠夏天接济。于是，我们每天便只能就着一点菜叶子咽下一日三餐，如果能吃上一根油条，那就是过节了——直到现在，我还记得那种感觉，每一个饥饿的味蕾都在响应口腔里那泛着油星的香糯的脆响。

还记得有一天，我们从很远的一家听课回来。出门时，突然下起了很大的雪，整个世界就要被冻住一般，我们借着远远近近的灯光走在乡间的马路上，冻得牙齿直打架。该死的肚子也饿起来，就在那时，有一户人家的窗子里飘出了阵阵饺子的香味，非常诱人。我们不约而同地停下脚步，循着那香味而去。站在窗子边，我流着鼻涕，强忍着口水说：“夏天，我们俩真像卖火柴的小女孩啊。”

夏天没有说话，却好像突然被什么刺痛了一样。她拉起我的手，一阵狂奔，直到跑不动了，才蹲下来跟我说：“我想家了，自己的家。”

那一天后，我们没有再提回家的事情，但都沉默了不少。我渐渐发现，夏天很久没有开心地笑过了。

渐渐地，我还发现，我们那个“家”里，有人要走了，又有人要加入了。有人会在夜里哭泣，有人扬言要跟父母断绝关系……而我们，依旧每天去“串网”，每周去听课，靠着心里的英雄梦想在异乡相偎取暖。

临近春节的某一天，房东老太太喊我接电话。电话是大伯打过来的，他说我的老父亲生了重病，让我即刻回家。我听完脑袋就炸了，抱着夏天呜呜地哭。夏天安慰我说：“你马上回去，待父亲病好了再过来，我等着你。”

感谢夏天，是她用东借西凑的钱给我买了车票。我在火车上向她含泪告别，心里发誓要把事业做起来，让她长脸，还她恩情。

3

然而回去后我才知道，我爸根本没有生病，那只不过是大伯的一条计策，为了不让我“堕入火坑”。我爸竟然以死相逼，大伯也趁热打铁，劝道：“你这傻孩子，知不知道有多少人为这个闹得妻离子散，家破人亡啊！什么‘直复式连锁’，那就是传销！传销！传销！”可我不信，也不愿意相信，我觉得如果相信了，那就是对夏天的背叛，我自己都鄙视自己。

就那样，在家过了一个很不愉快的春节后，我再次南下打工。我心里也有自己的小算盘，希望尽快赚到入会的五千块，然后再偷偷北上去找夏天会合。

可谁知道呢，大约半年后，我就没有再收到过夏天的信件。打电话过去问，房东老太太说夏天他们已经走了，我继续追问，老太太欲言又止，说搬去了哪里，她不清楚。

4

直到前几年，我再次联系上夏天，那时我才得知，当时“家”里有个怀孕的女人，在洗澡时因为拎了煤炉进去，导致一尸两命，警察过来带走了很多人，后来他们就搬家了。再后来，实在穷不过，她就被妈妈带回去了。然后，她再次回到校园，念书，工作，恋爱，升职，一晃就过了十年。

记得那次我们见面，是她来我的城市出差。彼时的她，已经是一家知名外企的部门经理，依然是熟悉的笑脸，温柔的声线，却多了一份青春年代不曾拥有过的知性和美丽。她真的拥有了很多的下属，而且，不需要在他们身上使用任何“善意的谎言”。

那一天，我们并肩在江边散步，头顶晚樱缤纷，身边霓虹迷离。城墙上奔跑的情侣们不断高举着孔明灯，将美丽年轻的愿望放飞夜空。夜空之下，清风拂面，岁月如水波流逝，我们谈及从前在北方的那一段日子，依然感触得泪光闪闪。

“那个时候，真是傻啊。”

“傻得可爱，谁劝都不听。”

“青春就是那样子吧，不觉悟，也不后悔。”

“嗯，一条弯路，非要自己痛了才清醒。但依旧感谢，有你陪我一程。”

所以亲爱的小 M，青春的弯路，谁不曾走过呢？那个时候，我们仰着年轻的脸，在黑暗的弯路上跌跌撞撞地奔跑；我们有信仰，我们不断为自己的悲壮而感动。我们那样笨拙，稚嫩，却又是那样真切，执拗；我们不懂掩藏，不懂虚饰，只会用一颗心毫无保留地去爱，去相信，去经历成长中的每一种疼痛……

然后有一天，我们结结实实地受伤了，才会蓦然回首来时路，才会懂得，原来迷途知返也是一种值得骄傲的智慧。而时间与世事，将源源不断地赋予我们自知自愈自强的能力。

所以请相信我，受过伤的你，经历过痛苦的磨砺，终会变得坚强又闪亮。而且，终有一天，你也可以像我一样，把迷途知返的经历告诉另一位姑娘。

滚蛋吧，拖延君

拖延有惯性，反拖延同样有惯性。

作为一名资深拖延症患者，写到这个话题时，我还真是感触颇多。我们家乡将做事拖拉称为“不出气”，而我就是属于那种“死不出气的”。回顾小时候，有几个场景很深刻：

场景一：我背着书包，慢吞吞地走在山路上，拈花惹草，踢石子，永远迟到。

场景二：放学后，拖拖拉拉，老师布置的作业很晚了还不能完成。又因没有熬夜的习惯，就只能嘱咐我妈第二天清早喊我起来写作业。经常，窗外的天还没有亮透，我就开始在电灯下补作业了。

农忙季节，家家户户下田插秧，我卷着裤腿，手持秧苗，弄蚂蟥，玩浮萍，脑袋里天马行空，想着天空何以为天空，大地何以为大地，秧苗何以为秧苗，半天也插不了几蔸，常被人远远抛下。于是乡邻间笑言：“还好不是拿工分吃饭的年代，要不你这样的，早饿死啦。”

感谢时代，长大后我没有被饿死，但做事拖沓的毛病还真的让人深受其害。

记得刚走入社会时，要生存，就要工作赚钱。年少进厂务工，工资按件计算，时间就是金钱。尽管心里想着要快一些，再快一些，但长期根植渗透的思维模式还是限制了行动，手不够快，效率就不够高，没办法，只能花更多的时间去练习。

后来结婚，生小孩，不再是一人吃饱全家不饿，开始凡事都要照顾家里人的感受。而且，为了让家庭生活更有质量，更是不得不一再地审视和提升自己。

前一段朋友圈有一条刷屏的消息，是关于 Facebook 的创始人马克·扎克伯格的。为了庆祝女儿出生，扎克伯格与妻子承诺将他们持有的 Facebook 的 99% 的股份（约 450 亿美元）捐赠给慈善机构，用以发展人类潜能和促进平等。

而我想起的，却是罗振宇在书里提到的一个关于扎克伯格的创业故事。故事说的是，Facebook 最初的创立构想本不是扎克伯格的原创，原创者是文克莱沃斯兄弟，一对富二代双胞胎。有一次，那对双胞胎兄弟见到扎克伯格，就跟他说了社交网络的想法，扎克伯格当即提议一起运作。兄弟俩没有答应，也没有拒绝。但回到宿舍后，扎克伯格就开始动手了，写代码，请教高人，见投资者。而文克莱沃斯兄弟在做什么呢？他们在泡吧，喝酒，准备皮划艇赛，做一切与社交网络无关的事情。直到 Facebook 已经崛起了，他们才惊慌地上门打官司，说扎克伯格盗用了他们的创意。当然，他们最后得到了几千万美元的赔款加股份，但跟 Facebook 的前景比起来，中间的差距应该够他们后悔一辈子吧。

经常听到有人说，我因为拖延失去了一次升职的机会，我因为拖延丢掉了文凭，我因为拖延才导致了今天庸碌的人生……

可见，拖延症的危害也是可小可大的，从生活习惯、日常琐事，到工作业绩、事业梦想，当你发现不小心着了它的道，回过头再来看时，原来自己已经被它左右了多年的人生。

于是，在与拖延症相爱相杀之余，我也算是积累了一些小小的心得。此症多见于意志力不坚定者，且容易反复发作，暂无猛药可医，只能慢慢化解。下面就列一个治愈拖延症的不完全指南吧，路漫漫其修远兮，希望和大家一起共勉：

1. 不要把时间浪费在无休止的纠结中

一切行动上的拖延都源自思想上的犹豫和逃避。不如像疯子一样去做一件事，像傻瓜一样去思考一件事，理直气壮，一往无前，志在必得。有时候，就需要这种精神。

2. 熬夜不如赶早

前几年，我每天都是等孩子睡觉后再写稿，大约从晚上十一点钟开始，熬夜到两三点。结果，就是整天没有精神，做什么事都效率低下，时间久了还能感觉到身体哪里都不对劲。

这两年，我慢慢调整为早上写稿，从早晨五点写到八点，同样是两三个小时，但睡眠质量好，精力充沛，稿件质量明显提高了，身体也不会受到影响。

3. 工作和生活，划清界限

在公司的时候，只工作，完完全全、百分百投入，该干什么就干什么。在家里的时候，不去想工作的事情，尽情玩乐，看剧，逛街，聚会，想干什么就干什么。

4. 给自己一个整洁的环境

如果我看到一个乌七八糟的厨房，是不会有心情去做饭的。同样，一张整洁的桌子，一个干净的房间，都能让人立马投入到想做的事情里去。

5. 语言是有力量的

做一件事情之前，可以进行一下自我鼓励，就当激扬士气："相信自己，我可以做到的！"而不是对自己心理暗示："完蛋了，肯定不成了。""没救了，又在磨洋工。""怎么办，我写的就是一坨狗屎。”

6. 利用碎片化的时间

因为要带小孩子，我平时很少有完整的工作时间。不过，在炖汤的时候，等车的时候，或是陪小孩出去玩的时候，都可以把思路记在手机的备忘录里，等有空用电脑了，再导入文档，充实、修整、完成，这样不仅可以捕捉到稍纵即逝的灵感，也可以避免突然面对空白文档时的茫然。

7. 买一本便利贴

我记性不太好，于是就用了一个笨方法。像个小学生一样，每天临睡前捋清思绪，把第二天要做的事情按照轻重缓急依次排序，写在便利贴里，再贴到电脑盖上，做完一件撕掉一张，时时提醒，一目了然。

8. 做事的时候，尽量把手机放进抽屉

就像糖果，搁在抽屉里，放在桌子上，握在手心里，效果都是不一样的。你首先吃掉的，自然是放在手心里的那一颗。

9. 要学会犒赏自己

顺利完成一件事后，可以奖励自己吃一块巧克力，或者是买一束花，看一场电影，等等。然后大脑就会记住那些

轻松愉悦的时刻，并随时可以跳出来诱惑你，再完成一件，多完成一件。

同样，如果是在做事之前就去玩乐，那种快乐也是大打折扣的，就像是偷来的快乐，心里随时装着负疚感和牵挂，长此以往，很容易走进自我厌恶、做事拖延的恶性循环。

10. 把目标精确到年、月、日

比如在电脑桌面壁纸上写上，“某年某月某日交稿”，而不是“我要写稿”；或者是“某月某日交方案”，而不是“该做方案了”；或者“某日某时考试”，而不是“我要考试了”。

11. 练习自控力

自控力即忍耐力。我曾经忍了很多天不去看朋友圈，也不去微博，基本和外界断了联系，以强迫自己静下心来。

最开始，“忍”字头上一把刀，心里随时都在“磨刀霍霍”。但久了也就习惯了，忍过去就战胜了一部分的自己。

拖延有惯性，反拖延同样有惯性，久而久之，当一个好习惯悄然被你掌控时，你会很开心的。个人觉得，这种练习对提升意志力也很有帮助。

12. 为自己找一个参照

如果可以，请隔离掉懒惰、消极、负能量的人。然后，选一个积极向上的人做目标，随时揽镜自照，耳提面命，以正身心——“看，比你厉害的人，还比你努力！”

13. 拆解目标，分段进行

对于害怕任务艰巨或繁重的人来说，这一点还是很有用的。比如总有人说，写一本书好难，那么多字……其实拆解开来，也不过每天一千多字的样子，一个小时写几百字，能有多难呢？换作其他事情也是一样的，只要不间断，总能完成。

14. 永远不要等明日

古人有诗诫：“明日复明日，明日何其多。我生待明日，万事成蹉跎。”我们生活中的很多计划就是这样，被一日一日地拖延、搁置、遗忘，然后默默腐朽、蒸发，消失不见。

请记住，明天永远是最忙的一天。

15. 马上行动吧！

你就是吃了不好意思的亏

你不知道，靠取悦他人来维持关系，其实是最低能的社交。

1

那天好好小姐就坐在我身边，一脸黯然地跟我说起她到公司入职后的小半年生活。倒不是工作上的事情有多难，而是在人际关系方面，实在是有些愁云惨淡。

比如，某天清晨，好好小姐正走在上班的路上，同事A打来电话，让她带一碗“张记”的炒面。“一定要‘张记’的啊，我那天排了好久的队才买到，不过那里离你家近啦……”A在电话里用甜美的声音嘱咐着。她一边说着“好的好的”，一边不停点头，挂掉电话后，发现自己已经走到了半路，于是又急忙折回去排队等候。

打包好了炒面，好好小姐一路小跑，赶到公司，同事A正优哉游哉地在给自己抹护手霜。这边同事A正笑嘻嘻地接过炒面，那厢的同事B又走了过来："呀，听说你会修图，一会儿给我妹妹P几张照片呗，她要去参加一个比赛。现在谁的照片还不是修过的呀，那个，你懂的。"好好小姐微笑着，还没来得及答应，刚打开的邮箱里已经显示接收到了照片。不过，不是几张，而是十几张。

"帮忙取一下文件吧，急着要的，不好意思。"同事C说。

"给我冲杯咖啡，不加糖，谢谢。"同事D喊她。

"下午陪我一起去见客户好不好，给我壮壮胆儿。"新来的同事E在QQ上拜托。

"过两天我要去开家长会，你记得帮我拟一份发言稿，写得让我有面子一些哈。"领导F交代。

"这个周末是我老婆的生日宴，大家一定要来哦！"午休时，领导G给大家派发请柬。

"好的好的，我马上""好的好的，不客气""好的好的，我陪你""好的好的，我明天就交给您""好的好的，我一定去"……在公司的一天，好好小姐忙得像个小磨驴儿，面带微笑，不好意思拒绝任何一份请求，要求，支配，安排……

她微胖的身影，在格子间，在各个楼层，被工作和工作之余的另外一种东西不断地推动着。

下班回到家，洗菜做饭，饭碗还在桌上摆着，好好小姐又赶紧打开电脑给同事B修照片。十几张照片修完，窗外已经是灯火阑珊。

夜间躺在床上，想翻几页书吧，但睡意很快就排山倒海地就压过来了，于是只得作罢。临睡前，她恍惚想起，周末的生日宴礼金可不能随得太少。那么，上次在某专卖店看中的那双靴子，就只能先放弃了……

好好小姐说："这样的一天，就是我最近的生活切片了。这是我毕业后的第一份工作，也是我的父母费力周旋而来的，说真的，我很珍惜，也很珍惜和同事之间的关系。只要是我能做到的，我都愿意去做；我做不到的，我都尽力去做。我不想看到失望的眼神，也害怕因为拒绝而被排斥。可是，这么久过去，我觉得越来越累，工作能力也没有提升，而且好像每天的生活都不是自己的了。"

可是亲爱的，你不好意思拒绝别人，就只能狠心为难自己啊！

不过，归根结底，还是因为你在畏惧。你畏惧被孤立，你畏惧与失望、排斥、冲突等负面情绪正面交锋，甚至畏惧失去这份工作。于是你选择了逃避，选择了以取悦，无条件的取悦，来交换心里的安全感，以及工作环境中其乐融融的表象。你看起来友善又充沛，而事实上呢，你已经失去了自我。你负累着，纠结着，变得落寞又消极。你不知道，靠取悦他人来维持关系，其实是最低能的社交。

2

想起另一位朋友周周，他在朋友圈里也是出了名的好人。“有事找周周”，如果公司有新同事到来，一定会有人那样对他说。在周周的生活词典里，“拒绝”两个字，已经在不知不觉中被舍弃了，“热心”才是他信奉的人生信条。但凡是自己能力之内的事，他都一一应承，且尽自己最大的努力去做到完美。“快乐着你的快乐”，是他数年未变的QQ签名。

但是后来有一天，我发现他的签名变了，变成了“快乐着我的快乐”，于是笑着问他为何。

周周说，因为一次醉酒引发了一场大病，躺在医院的那些日子，他等着各种各样的结果单，一颗心起起落落，最后沉下来时，倒是把很多事情都想通了，看淡了。这些年，他沉溺于“好人”的名声，确实获得了很多廉价的赞扬和快乐，但是他也失去了很多东西，比如宝贵的时间，还有很多时间和金钱都换不来的健康。

比如，下班后，只要朋友或同事的一个电话，他就会立刻赶到他们身边，无论是喝酒，唱歌，还是打球，他总是呼之即来又结账而去的那个人。好人嘛。

他不禁想起：有一次因自己的无心之过，让一个朋友没有得到周全的照顾，反而被他讥讽，并且忽略掉自己之前所有的好；有一次因为投票时不小心“站错了队”，就被领导穿了小鞋；还有一次，部门搞砸工程，找人顶包的事理所当然地摊到了自己的头上，结果差点被解雇……好人嘛。

可是，好人如果好到连明辨是非的能力都没有了，那就成了傻人。真正的友情，不会有利用和支配，也不会有负累，更不是单方面的一味索取或一味付出，而是以心交心。你有情，我有义，是可以滋养人生的。

周周说，后来他慢慢学会了说“不”，拒绝了很多邀请和要求，生活好像一下子就空出一个空间来，那里存放着满满的时间，可供自己支配的时间。他可以看喜欢的电影，听喜欢的音乐，陪伴自己喜欢的人。自然，他周围的人际关系网也很快重新洗牌了，他也确实被很多人排斥了。但是，有什么关系呢，他获得了一种新的快乐，也吸引到了真正值得交心的人。

时间是一面筛子，淘漉之后，沙金立显。

适当的拒绝，是一种勇气，更是一种智慧。与其去迎合、取悦、讨好某个人、某个圈子，不如让自己静下心来，把时间和精力花费在有价值的人和事物上。不随便滥用那些珍贵的像钻石一样的好品质，比如善良、真诚和热忱；不轻易捧出自己的真心，任由不值得的人来支配，他们不会好好珍惜，而且还会弄得你连尊严都没了。

努力工作，好好生活，交诚心可靠的朋友，做有兴趣的事，守住自己的底线。当自己的人格魅力和人生价值都达到一定高度的时候，当你身上自带光芒的时候，你就会发现，峰回路转，云开月明，一切都变得不同了。

“快乐着我的快乐”，愿你活着的每一天都是自己的。

PART 5

世界就像是一面镜子，透过内心，折射出生活的光影万象。你若给它白眼，又怎能指望它给你微笑?

世界不完美
也要保持微笑

我相信你会飞得很远啊

无论飞得多远，离家多久，有乡可回的人就是幸福的。

上次回家乡时，在村口遇见我的儿时玩伴，经过短暂几秒钟的辨识和确认，终于还是红着脸打了个招呼。

他也认出我来，随即笑应：“你回来啦。”

“嗯，我回来了。”

近两年我虽在外面的世界安身立命，心底里却依旧将自己视作永远的异乡人。只有当双脚踩在家乡的土地上，呼吸着乡音萦绕的空气时，才不至于让“家乡”“故土”“旧人”……成为一些只配用来怀念的词。

推开老屋的门，小时候的涂鸦还留在墙上。还有褪了颜色的奖状，蒙尘已久的画夹，父亲的蓑衣，母亲的麻线……一切梦痕犹在，亲切又恍然，好像一闭上眼睛就能听到母亲生火的声音。她常用一个小铁瓢给我做猪油焖饭，饭熟后再撒上一把野藠头花，浓烈的香气就溢满了日子的每一个缝隙。

吃饭的时候，邻居家的嫂嫂过来聊天。她比我大十几岁，如今已是奶奶辈的人了。

我总是会想起她年轻时候的样子，依稀是夏天，她还是新进门的小媳妇，穿了的确良的裙子，弯着腰在水塘里洗衣，肥皂的香气绕过她光洁的小腿，随风飘上岸来。

岸边的野蔷薇都开了，白色的，粉色的，招惹着蜜蜂，嗡嗡地闹着，也不觉得讨嫌。还有一丛一丛的悬钩子，结了累累的果，都熟透了，看着馋人，但又够不到，风一吹就落到水塘里，倒是白白便宜了鱼。

那时的母亲，就在水塘的大石头上捶打麻布帐子，用笨重的木槌一遍又一遍地捶打，露出的手腕力道柔而劲。

我站在晒谷坪里看着她，尽管是那样懵懂莽撞，对诸多世事浑然不知的年纪，依然会在心底生出绵长的、温柔的情愫来，像新树抽枝，青翠又生动。

被母亲洗过的帐子晾在晒谷坪的槐树下，陈旧的苎麻气息顺着水渍滴滴答答地渗入泥土。我和几个小伙伴在里面钻来钻去，过家家，捉迷藏，小南风掀起帐门，头顶槐花簌簌，犹如岁月扑面。

那时的母亲，也还健壮无恙，觉得什么事都不怕，不怕苦，不怕累，不怕难，也不怕死，却唯独没有想过会病。

病来如山倒，她不服软都不行。于是，在离世前的那两年里，她每天魔怔似的上山砍树——刺杉的树茎，正是做椅子的好材料。最后，她请了村里的木匠，一口气做了几十把椅子——那种矮脚的小靠背椅，刷了朱红的漆，全都留给了我。

我懂她的心意。我家人丁单薄，爷爷生父亲，父亲生我，皆无旁支，母亲她曾一心想要招赘，指望延绵姓氏，人丁兴旺——就像那么多的椅子，都是给人坐的啊。

吃完饭，父亲到院子里打牌，一桌四个老人，年纪加在一起，都快三百岁了。他们常聚在一起，打牌，抽烟，聊天，慢慢地消磨余生。他们都老了，眼睛花了，耳朵背了，手脚也不灵活了，但没有谁会嫌弃谁——每个人都一样嘛，衰老，才是世间最大的殊途同归。

最老的一个是七爷，耳朵也背得最厉害，说起话跟吵架无异，隔着老远就听到他的声音："我不晓得哪一天就要到山里去睡觉了，不过你们不急啊，我先去探探路，等安定好了就托梦过来……"

众老头儿大笑："不急不急，反正都要去山里的，到时候正好凑一桌哩。"

我也笑了，心想：是不是人活到一定年纪，不通透也通透了呢。生死荣辱，从来都是年轻人在争的东西，等到真正老去的那一天，反而成了一件可以打趣的事情。

就像我，在过了三十岁之后，也会真正地看开很多人和事。比如多年来对母亲过世一事的种种沉重心结，这两年终于能够解开、放下，然后平静地面对。

我想，到了今天，母亲应该会谅解我，毕竟“好好生活”四个字，已强过任何眼泪和愧痛。

那天午后，我一个人坐在椅子上，什么也没做，就那样怀想了很久。人说好好虚度时光，莫过于此：

春天，一夜脆雨，如珠玉唤声，正是人间好时节。翌日清晨，山窗初曙，披衣起身，邂逅一树桃红，种下半畦土豆。

大夜弥天的盛夏，打铁声声声入梦。窗外的夜空像倒扣的锅底，有星星不断冒出来，一直溢到山窝窝里。

秋天，颗粒归仓，斜阳归山，倦鸟归巢，村头的桂花开了，正好可以糖渍一罐，慢慢尝。

冬天，窝在老屋里生火，温酒，等一个敲门问路的乡人，“晚来天欲雪，能饮一杯无？”天气好的时候，便坐在墙根，晒暖洋洋的太阳，直到心底生出羽翼。

走过那么多的路，行过那么多的桥，能让我顷刻心安的地方，还是这一方小小的生养之地。

就像曾经不顾一切地想要离开。在那个港片承包电视机的时代，我像一块海绵一样尽情地吸收那些流行的元素，我嫌弃家乡的一切——土得掉渣的乡音，俗气的名字，迂腐的生活方式。我向往外面的世界，喜欢宝丽金的歌曲，爱情电影，把玩那些流光溢彩的地名——香港，澳门，拉斯维加斯……

直到有一天真的走出去了，才又深切地念起家乡的好来，才知晓原来世间真有乡愁存在，也才理解，老一辈离乡的人，为何要从灶心里刨一包泥土上路——据说到他乡可冲服饮用，专治水土不服。

而对于家乡，身在其中的人，当它是饭粒子，只有漂泊在外的人，才觉得它是明月光。

没有孰轻孰重，其实都是福分。

星河云影，谷雨清明，时间一年又一年地过去，唯有记忆不会老。

那是暗夜的珠光，也是游子的信念。就像小时候一个人站在山坡上玩纸飞机，每投掷出去一次，都要往飞机的头部哈出一口气。那一口气，其实什么用都没有，只是单纯地相信，“我相信你会飞得很远啊！”

无论飞得多远，漂泊多久，有乡可回的人就是幸福的。

还记得从家乡回来那天，父亲沿着高速公路来送我。路上大风贯耳，如时光飞逝，他佝偻着背，点了一支烟，眯着眼望着邻村被征收的地，无力地惋惜着，又微弱地庆幸着：“你看，隔壁村那一片那么好的土地，还有老宅子，就那样说没就没了。还好，我们这边的土地暂时还在……”

车子来的时候，天空下了雪，整个村子都安静下来。农田悄然，山野沉睡，埋藏在大地深处的人和故事都成了秘密。

只有路边的桃树，不忧不惧地吐出了芽苞，尚未发叶，枝丫间就萌生出了星星点点的红。于是我又想起了母亲，那个曾赐予我岁月恩情，教会我一花一木的人。她说过，看到那样的红色，就觉得世间再也没有什么困难不能挨过去。

饭在锅里，你在身边

“虚惊一场”这四个字是人世间最美好的成语，比起什么“兴高采烈”“五彩缤纷”“一帆风顺”都要美好百倍……

一个周末的上午，海棠小姐百无聊赖地躺在床上，翻开微信通讯录，与一个又一个的朋友闲聊。

其中有个叫樱桃的，居然半真半假地羡慕她，说她真是超级好命，找了一个现代版的田螺先生，会做饭，会宠人，还挺上进的。

海棠小姐夸张地笑道：“你喜欢啊，送你好了。”

那边回：“只怕你要后悔。”

关掉手机，海棠小姐回过神来，田螺先生正笑嘻嘻地站在床边，手里捧着一碗小米粥：“小姐，你胃不好，这些天别吃辣，多喝些粥，把胃养一养再说。”

海棠小姐揉一揉太阳穴，心里暗忖道：“这人到底是什么生物啊，昨夜那样贬他、损他、气他，他竟然还不生气？”

可不是嘛，田螺先生在海棠小姐面前，永远不会生气，永远不会还嘴，永远只会说好，除了让他离开她。

这无疑让海棠小姐很愠怒，就像一次又一次攒足了力气出击，却是一次又一次砸在了棉花上，她受不了伤，也出不了气。

就像昨夜，她不止一次地朝他吼道：“兰波多好啊！”他也不知道回一句：“他那么好还不是不要你？”

若真是这样，她肯定彻底崩溃，无丝毫还手之力。那是她的死穴，她知道，他也知道。当初，不就是因此他才能乘虚而入，侥幸从一个备胎转正成原配的吗？

可他就像是选择性失忆一样，对于此事，从来不提。于是海棠小姐经常在想，如果可以让他自愿离开，或许就能对老人们有一个合适的交代，或许对于自己，也能少几分内疚。毕竟，田螺先生什么错都没有。

但爱一个人，却不能给她心跳的感觉，这算不算是一种错？更何况，在爱情里过河拆桥，也是对自己的人生负责。

海棠小姐这样想着，很快就横下心来，决意不去接他的小米粥，而是别过脸去，用被子蒙住头，佯作余怒未消。

田螺先生知趣地把粥放在床头柜上，转身轻轻带上了门。不一会儿，厨房里就响起剁饺子馅儿的声音，“笃笃笃”，沉闷而结实。海棠小姐猜测，他应该又在砧板下垫了毛巾，怕影响自己休息吧，切，真是土气的小伎俩。

但田螺先生这招还真的勾起了海棠小姐的胃口，她穿了拖鞋，扒开门缝，偷偷地往厨房里望去。只见田螺先生系着围裙，把包好的饺子装成袋，然后挨个贴上标签："芹菜馅儿""香菇馅儿""萝卜馅儿"，他口里叨念着，像个老妈妈。

分拣完毕，关上冰箱门，田螺先生转过身。看到虚掩的卧室门，他即刻笑起来："尊贵的小姐啊，你家田螺先生一会儿就要出差，这次是去新加坡，一个月后回来。记得吃早餐，记得少吃辣，饺子包好放在冰箱里，都是你喜欢的馅儿……"

海棠小姐心中窃喜，只恨一个月太短，不能玩得尽情尽兴，呼朋唤友，不醉不归。单身女王的日子又到来了！

想当年，海棠小姐就是在一次单身派对上遇到的兰波。那一天，她饮了酒，薄醉如花，兰波就那样猝不及防地将唇印上来，一个绵长又温润的吻，仿佛可以长出葱茏的藤蔓，在身心之间无休止地纠葛痴缠。

从此之后，她就再也无法去吻别人。比如田螺先生，即便是新婚之时，满堂宾客，她对他，也不过是脸上浅浅一啄——旁人视为羞怯，实则却是敷衍。

婚后一年半，田螺先生果然待海棠小姐千般好。可是她感觉不幸福，只因眼前人不是心上人。

海棠小姐的心上，只有兰波的影子。尽管当初那个人伤她至体无完肤，然而她的记忆却只会披沙拣金，将那些光芒万丈的部分自行供奉，终日顶礼膜拜，弥足深陷，以至于眼里、心里皆看不到另一个人。

她甚至记不清楚他的航班。所以，当樱桃打电话过来，说新闻里播了有飞机失事，让她跟田螺先生确认一下时，她才从一场宿醉中醒来。翻了一下日历，她发现离田螺先生定下的归期竟足足晚了三天。

三天！从十六岁到二十六岁，她认识他十年了，从未见他迟到过！

海棠小姐突然害怕起来，赶紧拨打田螺先生的手机，一遍又一遍，却不是那个让她取笑了无数次的沙哑嗓音，而是一个甜美的电子音在永不厌倦地提示："对不起，您拨打的用户不在服务区。"

窗外是磅礴的雨，下得没完没了。海棠小姐强作镇定，继而自我安慰一番后，又下床煮了一份饺子。

吃着吃着，就哽住了喉咙，保鲜袋上的小字历历在目："一个人在家，要好好照顾自己。"海棠小姐又一阵心间怆然，眼泪肆无忌惮地淌了一脸。

她倔强地仰起头，恶狠狠地对着墙上的照片说："赶紧回来啊，你这个猪头！"

雨继续下。微信朋友圈里点满了蜡烛，大家纷纷祈祷，失联的航班能够早日寻到。也有人开始感叹："有时候，'虚惊一场’这四个字是人世间最美好的成语，比起什么‘兴高采烈’‘五彩缤纷’‘一帆风顺’都要美好百倍……愿悲伤、恐惧能够过去，事外之人更懂珍惜。”

事外之人更懂珍惜。会不会太晚？

也不知道过了多久，海棠小姐伏在桌子上，手里紧紧地握住手机，隐约中听到锁孔转动的声音。她扑到门边，迎面而来的，真的是那个沙哑的嗓音，疲惫的脸，温柔的眼神。

她劈头盖脸地问：“你去哪里了？怎么会晚回来三天？怎么不发消息？怎么都不打电话给我？”

田螺先生小心翼翼地解释：“不好意思，上次你在电话里生我气，让我不要主动联系你……不好意思，临行前接到新的派遣，手机也丢了，好在我没有乘坐失联的那一班飞机。”

他放下包，松了松领带，正欲去卧室。海棠小姐看着他的背影，突然觉得他的背影其实也很好看，于是提高声音叫住他：“喂，你说要给我包一辈子的饺子，你说我打你、骂你都撵不走你，你说要一生一世对我好，你说永远不会让我难过，这些话，还算不算数？”

田螺先生一怔，一脸无辜地回头，道：“小姐，你怎么了？”

谁知海棠小姐一把抱住他，踮起脚尖就吻了上来。

原来，田螺先生的唇，也是这般温暖迷人。他迎合着她，包容着她，给她最舒适的温度和安全感。

她曾以为，上天对自己太过苛刻，让她无法嫁给自己深爱的人，原来，上天对自己一直优待，赐给这样一个人，对自己不离不弃，温情守候，原谅她所有的任性、自私、冷漠和无知。

原来，越脆弱，才会越张狂；越深爱，才会越沉默。原来，真情比完美更可贵。

风口浪尖的一时激情，又怎抵得过岁月的无情变迁？唯有静水深流的感情，才能一点一滴地渗透生活，抵达爱的核心。

“上天让我们习惯各种事物，就是用它来代替幸福。”

什么是幸福啊？

是饭在锅里。

是你在身边。

是从此懂得明辨和珍惜，并安然于俗世的爱和烟火。

是门外的兵荒马乱、滚滚前尘再也与我无关。

自卑的人都是胆小鬼

不完美，才是真实的生活。

1

小时候，懵懂不自知，妈妈说我好看，就理所当然地认为自己好看，虽然长得像豆芽菜，疯玩起来却胜似泥猴，头发也又黄又稀，但每天还是要在头顶扎个小鬏鬏，不时折来路边的野花，一朵一朵地换着戴。

再大一些，上了小学，到了换牙期，算是第一次真真切切地感受到了自卑。有一年期末考试，我得了班上第一名，老师很隆重地表扬了我。上台领奖时，我心里高兴，笑得一脸灿烂。回家路上，远远看到一群同学在交谈什么，我蹑手蹑脚地走过去，想吓他们一跳，却无意中听到了他们在背地里的取笑，说我牙齿长得丑，皮肤也白得难看，像鬼。

有一个男同学，还学着电视里的样子，伸直双手，吐着舌头，浮夸地蹦了几下，引得其他几个人哄然大笑，打闹着扭作一团。

那一幕，重重地刺伤了我。我耷拉着脑袋，仓皇而逃，悄悄绕到一条远路上，走着走着眼泪就下来了，之前领奖的好心情也荡然无存，顿时感觉整个天空都暗淡了，心里湿答答的，要渗出水来。是啊，我是丑的，牙齿是丑的，皮肤是病态的，成绩好有什么用，妈妈说好看有什么用，他们都嫌弃我。嘲讽我。

自那以后，我再也不咧嘴笑了，即便是有再开心的事情，或者是一个人的时候，也会在心里出声默念，不可“得意而忘形”。渐渐地，我便真的不会咧嘴笑了。很多年以后，我才猛然发现，原来在不知不觉中，我已经失去了那种开怀、露齿大笑的能力。

后来到镇上读初中，因为肤色过于苍白，又不能掩饰，我很快就成了班上男生取绰号的新对象。有一次，班长给我布置任务，竟然脱口喊出了我的绰号。班上同学齐刷刷地看着我。我沉默地绞着双手，指甲差点儿掐进肉里。他们每喊一次我的绰号，都像在我心里踩了一脚，我又羞又痛，又恼又怒。如是，我对他们横眉冷对，对自己也深感嫌恶——到什么程度了呢，大夏天对着烈日暴晒，只盼皮肤能正常一些。但结果还是徒劳，白白晒掉几层皮，肤色很快就白回来了。没办法，很长一段时间我都生活在绰号的阴影下，甚至产生了厌学情绪。

到了高中，一切重新洗牌，昔日同学和我同校的已经寥寥无几。随着新千年的到来，县城少年们的审美观也得以刷新。谢天谢地，那个该死的绰号也终于可以就此埋藏在小镇的记忆里了。然而那时，我的脸上又开始长起青春痘来，一茬又一茬的，生机勃勃，忠心耿耿，一直到二十几岁都对我不离不弃。

离开校园后，我的心性愈发敏感尖锐，头发剪得可与板寸媲美，恨不得整天做男儿打扮，黑白灰贯穿一身。也曾在服装店试过一条碎花短裙，上身后即嫌自己骨瘦如柴，过于贫瘠，一双腿站在裙摆里，活像杵着的两根麻秆。那时与世界磕磕碰碰，与自己也是磕磕碰碰。比如在心底里明明是恋慕长裙的，但在脑海里时刻都会有一个声音提醒，“别人爱的我偏不爱”，继而执拗地用矫情来标榜不同，掩饰自卑。

二十岁那年，我在亲戚的钟表店打工，日子过得单调而迷茫，经常看着满墙的挂钟，不知道人生的意义在哪里。不久后，我被安排去相亲。第一次，相亲对象是一个大学毕业后回城创业的小伙，见了几次面后，即转告媒人，说是看不上我，学历太低了，人也木讷，想来日后缺少共同语言。第二次，相亲对象是一个忠厚老实的小店老板，对我的外表倒是满意，不过自打有一次在路上见我随身带着胃药后，就再也没打过电话过来。

这两次相亲，虽说没有带给我爱情上的创伤，但我的心里还是很有挫败感的，低落的时候会觉得一切都特别糟糕，整个人没有一点自信。

直到后来，遇到了 D。他告诉我，你没有想象中那么差，生活也没有想象中那么糟，只要眼界放开阔些，心境肯平和些，不再死盯着自身的那些小瑕疵和不完美，你就会重新获得拥抱美好的能力。

2

在脸书上曾流传着一个很火的视频，某国际知名清洁用品品牌做了一个抽样调查，对象是全世界的女性："您认为自己美丽吗？""您对自己满意吗？"

结果显示，仅有 4% 的女性认为自己是美丽的，对自己相貌、身体满意的更是寥寥无几。于是，该品牌邀请了其中的一部分女性来到一间画室，让她们各自描述出自己眼中的样子："请描述一下你的头发，你的下颌……"

"我的下巴……嗯，稍微有点儿弧形，尤其当我笑起来的时候。"

"我的下颌很大，我妈妈说过我的下颌很大……"

"你对自己外貌最不满意的一点是什么？"

"我的脸很大""我的额头太宽了""我的皱纹很多"……

隔着轻盈洁白的纱幔，是一位专业人像画师，他正在为她们画像。画笔在纸上严谨又熟稔地飞舞，根据对方口中的描述与想象，一幅幅画作即将成型。画像完成后，她们暂时离开。第二天，被请入的则是见过她们的，对应的陌生人。

新一轮的描述正在进行：

“她很瘦，所以可以看到她的颧骨……”

“她的下颌……嗯，非常漂亮，很瘦……”

“她的眼睛很漂亮，每次她说话的时候，眼睛就好像在发光。”

“她的鼻子，很可爱。”

“她有一双蓝色的眼睛，漂亮的蓝眼睛。”

…………

然后，新一轮的画像也随之完成。她们再次被请入画室，观看自己的两张肖像画，一张是自己心里的样子，一张是旁人眼中的样子。虽然有着不同的国籍，不同的种族，不同的年龄，不同的相貌，但那一刻，她们几乎都流露出了相同的神情。先是紧张，再是惊讶，最后是释然，欣慰，愉悦，感动。

“这张是感觉自我封闭的样子，有些难过，还有些胖……嗯，这是我描述的自己。”

“第二张看起来更快乐，更友好，也更开朗。”

“我应该感谢上苍赐我的容颜，感谢这张脸让我结交到的朋友，应聘到的工作，还有对待孩子的方式。生命中的一切，没有什么比这个对你的幸福更为关键的了。”

空旷的画室里，画师与她们亲切地交谈着。落日的余晖温暖地照耀在画像上，现出神圣的力量：“你觉得你比自己认为的更好吗？”

“是的。”

视频的结尾，其中一个重拾自信的女人，拥抱着她的爱人。阳光照耀在脸上，嘴角有微笑，眼角有泪光：“我们平常花了太多时间去修正已经很完美的东西，却忘了应该花更多时间来欣赏我们真正热爱的事物。”

3

前不久见过一位朋友，多年前我在湘西小住时与她相识，因为志趣相投，很快发展成了无话不谈的好友。

那时，她大学刚毕业，在父母的安排下进了一家小企业做会计，整天与一堆数据以及人情打交道，心里难免有不想和家人吐露的苦水。于是，时不时地，我们偷了闲，就会到城中的一家咖啡馆消磨心事。我那会儿刚结婚，她也谈了个男友，对于婚恋与生活，总有太多相互倾诉的话。但是，不管话题怎样，她都能把起因归结到自己的体重上去——

“就是因为我太胖了，同事排斥我，领导不喜欢我；

“男友对我忽冷忽热，上次和他的朋友们聚会，我把自己咬牙切齿地塞进一条中号的裙子里，结果把裙子撑开缝了，他的脸，当场就黑了……对了，他的前女友身材可火辣了；

“唉，真是糟心透了，我跑步这么久，还是没有成效，我这喝水都长肉的命啊；

“我每天看着镜子里的自己，真是要自卑死了……

有一次我劝她：“那个，你除了胖一点儿，其他都很好啊，比如……”她打断我的话，当即大哭：“你看，我都很好，可是，我还是胖啊！”

两年后，我搬离湘西，与她念念作别，等到再见面时，已经过了将近十年时间。相比十年前，她的样子并无多大改变，一样的美。自然，也一样的胖。只是，再次坐下来叙旧的时候，对于自己的身材，她已经不再怨恨自卑了。

她告诉我，那些年，为了一个不够爱自己的人，她是如何的委曲求全，身心受虐，比如每餐吃一个苹果节食，饿到发昏；又比如服用减肥药导致肠绞痛，差点没命。

那时，她一个人躺在床上，奄奄一息，感受着窗外的日夜交替——清晨的沿街叫卖声，中午的饭菜香气，黄昏的万家灯火。到了深夜，整个世界都安静下来，死一般沉寂，睁开双眼仿佛就能看到时间流动的痕迹。

一个人的生死哀乐、爱恨别离，在这时间的广袤恒常里，到底算什么呢？不过是沧海一粟罢了，就连一个浪头都无法搅动。

如此，自己的一颗心为何还要在针尖上安营扎寨，受尽折磨？她不断地询问着自己，终于明了，原来答案就在转念之间。

正是那次可怕的减肥经历，让她把心里的疙疙瘩瘩都想清了，理顺了。既然不能换一副皮囊，就只能换一种心境，也换一种活法——不再聚焦于自身的缺点，而是放眼余生，过好每一个当下。毕竟，让自己获得更多快乐，才是最温暖、扎实的事情。

从此之后，她就像变了一个人，还是会坚持跑步、登山，却不再是为了讨好爱情——紧致的皮肤，健康的体魄，谁都想拥有。她尽可能地对身边的每一个人保持耐心，也不再诉苦、抱怨，丢负能量，而是尽量地多信任自己，多尊重自己，多体谅自己，就像她知道了怎样去努力追求自己真正喜爱的事物一样，也懂得了如何学着放弃本就不属于自己的东西。

后来，她辞了职，在城里开了一家咖啡馆——小小的，但足以盛放梦想。她依旧胖，但胖得匀称得体，不管是面部还是身材。她也遇到了真正爱自己的人，爱情的滋养让她增添了不少温柔。

看着眼前的她，从谈吐到眼神，都让我相信，她已经获得了让内心与生活相得益彰的力量。

4

一直记得那一天见面，我们彼此对望，倾心交谈，一如多年前。岁月流逝，十年一瞬，所幸，我们都变成了更好的人。

黄昏时分，我们微笑着道别，然后乘坐汽车朝相反的方向各自远去。高速公路上，两边的夹竹桃开得妩媚动人，夕阳的余晖打在我的脸上，像一场幸福的赴约。

车上，朋友发来短信：“我还记得第一次见你时你的样子，扎着马尾，皮肤白得通透，远远地对我抿嘴笑着；身上穿的是一件黑色的风衣，又高又瘦；脚上踩着一双高跟鞋，摇摇晃晃……就像是一个大孩子，提前挤进了成人世界。”

我微笑：“那一年，我二十一岁。”

她说：“我们都要努力让自己幸福。”

我回：“好，一定。”

她叮嘱：“我们都要自信一些。”

我发了一个调皮的表情，接着又发了一句话：“自卑的人都是胆小鬼。”

5

世界就像是一面镜子，透过内心，折射出生活的光影万象。你对它做过什么，它就会向你呈现什么。若是你给了它一个大大的白眼，又怎能指望它给你一个甜甜的微笑？对自己慷慨的人，才会被生活善待。

忽又想起自己小时候，总喜欢老远就投向妈妈的怀抱，笑得自然又自信。因为我知道，妈妈的眼睛，是全世界最真实、最干净的镜子。

于是，静观自身，我在内心真正与自己达成和解，其实就是近十年的事情。之前的二十余年里，那些在生活中所挨受的无形的耳光，也总算是把我打醒了。

西方谚语说：“一个人的外在，就是灵魂的房子。”那么，以此类推，脸为墙，眼眸为窗，唇齿为阳台……如果没有精致奢华的条件，只要主人肯用心打理，悉心布置，就算不十分迷人，也是可以足够怡人的吧——闻之清香，观之心旷。

而那些觉得自卑的人，不过是因为不敢面对。不敢面对不完美的自己、残酷的世界。是啊，退缩多容易。那些耽溺于自卑的人呢，早已经把那些自卑做成了一个壳，是背负之累，也是逃避之所。你一边折磨自己，又一边蒙蔽自己，喜欢的不敢去尝试，热爱的不愿去争取，遇到困难了就缩进去，尽可苟安。

如果没有高学历，就提高自己的能力，认真踏实地去学习、阅读、思考。风景，智者，时间，世事，哪一样不是好的老师？

不信你看，这繁华又落寞的世界——穿着高跟鞋，坐进宝马香车的女士；几十年如一日，安心做一碗卤面的老师傅；被小情侣捧在手心的鲜花；河边一岁一枯荣的野草；城中养尊处优的萌宠；山中觅食撒野的兽……谁的生命比谁更高贵？谁的幸福又能刚好画满一个无懈可击的圆？

不完美，才是真实的生活。

对于我们的自身和内心，不盲目自大也不妄自菲薄，勇敢又明朗地活着，这就是一件完满的事情。

想哭就弹琴，想你就写信

在纷芜的世界里，能够过得心安，就是生命中最好的奖赏。

芝士小姐在微信里给我念周公度的诗，她的声音软糯迷人，带着一股回忆的甜香：

为什么没有人给我写信，
写一封这样的信：
信里说法国式的接吻，
说春天，小城，和溪水。

说亲爱的，亲爱的。
说“秋天很美，很美，
旅途有一点点儿，

旧信封才知道的疲惫。”

说我喜欢你这样的人，
说出许多质问和省略号
说“祝好。某某。
某城。某年某月某日”。

想起多年前离家，在路边的小旅馆里留宿，夜间睡不着，又无事可做，便跑到楼下的小商店里去买纸和笔，一个人坐在床头写信。

称呼写“亲爱的”，会觉得羞怯，于是小心翼翼地去掉对方的姓氏，单留一个名字，轻轻地一个字，落在信纸第一行的顶格处，接下来是“见字如晤”“感慨万千”……

少年初识愁滋味，想念之余，也会以为那一刻全世界的悲欢离合都浓缩在自己的掌纹之中，一支笔游走于纸上，竟是藏不住的暗流涌动。

将近天明时结尾，落款“此致，愿君多珍重。某人，某年某月某日”。窗外有风掀起青雾，凉露的气息在墙脚滴落，手中的纸页也已经有了厚厚的一沓，装入信封后，像塞进去一朵要下雨的云。

这些年，虽然习惯了用电脑，但还是保留了一定的手写习惯。很迷恋笔尖在纸张上摩挲的过程，有行者无疆的快意，也有落子无悔的笃实。

有时给远方的朋友写信，不过是说一些天气和家常，或是“你的名字写在纸上，也是这样好看”。然而，再无关紧要的话，只要落笔封缄，就有了一种可供珍藏的氛围和情愫。

也喜欢一切书信形式的文本。多年前，我为一个已故的诗人写传记，第一次尝试用书信的方式。后来，收到了各种各样的评论，有人说矫情，有人说深情。已出版的文字，就像泼出去的水，是收不回来的，但是，我始终不后悔，就像始终期望，这世间的一切情意，都有信可循。

困顿之时，曾有人问我："你想要什么帮助？"

我答："我想要一封手书。"

不知道来信的人是否知晓，有那样一种情意和温暖，可以支撑一个人，走很远的路。

那次午间小憩，窗外是白日蝉鸣，独自趴在桌子上沉沉睡去，几十分钟的时间，竟也足够梦中人经历几番山河辗转。

在梦中，我开了一间"灵犀旅馆"，收留疲惫的老灵魂，也贩卖感动和白日梦。门口的木牌上写着："如果你愿意，只需要支付一封手写信。"

梦醒时，友人的书信就压在桌子上，信封里盛放着经年的故纸，笔迹历历，诉说苍茫往事，流水生涯。一枚淡黄的银杏叶，夹在纸页间，散发出温暾的香气。叶子是她从腾冲采撷而来的，见证过彩云之南的雪月和风花，只是她不知道，收信的人在燥热的季节里，抑制了多少次想哭的冲动。

我问D："从前，很年轻的时候，你有没有给人写过信？"

"有。"他回，想了想后，又补充，"不过从来都没有寄出去。"

他跟我说起一个跟写信有关的故事：

他的老家在铁路边，少年时，因为家中变故，他一度逃课，还认识了几个当地的小混混。很长一段时间里，他们都在火车站附近昼伏夜出，只为对来往的货车下手。

一节一节的车厢，蒙着厚重的油布，泊在无边的夜色里，像蜿蜒的大蛇。他们熟练地躲避掉联防队的探照灯，再用铁棍将车皮上的油布撬开，把货物一点点地偷出来。有时，是县城里往外运出的焦炭和钢锭；有时，是沿海城市来的水果和玩具……

有一次，他们偷了一包东西，打开一看，却是一些信纸。不能吃，没有什么用，也换不了几个钱，大家很是失望，当场就扔掉了。

后来，他悄悄折回去，把那些信纸用破旧的外衣裹着，一路飞奔回家。没有人知道，那时候的他，已经暗自有了喜欢的人。

那是他班上新转学来的一个女孩子，扎着高高的马尾，成绩和家境一样好。放学时，他曾远远地跟在她后面回去，装作不以为意，但是他记得火车从她身边经过时的情景。她的裙摆被轻风吹起，一下一下，像舞动的鸽翅，每一下都在他的心里刻下痕迹。

他给那个女孩子写信，用偷来的信纸，写了一封又一封，全都埋在了屋后的枇杷树下，如同埋下一个少年时的秘密。枇杷树慢慢地发芽，长叶，开花，结果，那些青涩的小果子，圆润可爱，又在枝头慢慢地鼓胀，成熟。

而一个人只要有了秘密，就会迅速地成熟。他不再去找那些小混混们，也不再逃课，依然沉默寡言，只是在内心里凭空多出了一个可供守护的角落。

透过那个角落，他开始隐隐地期望，有一天可以和她并肩站立，期望成绩单上他们的名字和名字能够排在一起。

一年后，那个女孩子再次转学离开，他的信纸也全部用完了。他跟在人群里去送她，却始终不肯和她说一句话。

时间静静流逝，日光之下无新事。只有他知道，自此，自己已与从前不同。

“止于唇齿，掩于岁月，大约就是如此。”D 笑着对我说，意味深长。

“如果你想念从前的自己，也可以试着给他写一封信。”我说。

我是给自己写过信的：

每流一次眼泪，对你曾经的轻狂和矫情，就又宽宥了一分。

你是对的，情怀永远年轻。

我要做一个温柔坦荡的人，想哭就弹琴，想你就写信。

你这个无可救药的处女座啊……虽然是这样，但也没有什么不好。

原来，被时间悄悄偷走的，除了身体里的胶原蛋白、钙质，还有多巴胺。

我也终于可以不再惧怕输给时间。

在纷芜的世界里，能够过得心安，就是生命中最好的奖赏。

爱我少一点，爱我久一点

爱情里的版本，成千上万，各不相同，最美的那一个，未必是最合适你的那一种。

情人节的夜里，路过火车站的地下通道，听到有流浪歌手在唱水木年华的《一生有你》：

以为梦见你离开
我从哭泣中醒来
看夜风吹过窗台
你能否感受我的爱

等到老去的一天
你是否还在我身边

看那些誓言谎言
随往事慢慢飘散
…………

老歌如故人，再重逢时，总难免感慨万分。昔日在异乡听水木年华的碟片，李健尚未单飞，少年锦时，白衣胜雪，MV 里的女孩子水样温柔，那是我曾渴望过的爱情模本，一生有你，情如水晶。

驻足聆听，一曲唱罢，我往歌手的琴盒里放入一张薄薄的纸币，转身走到通道口，正好迎上一头飞雪。无数雪花擦着城市的霓虹，簌簌扑落，仿佛惊鸿照影来。

街道上，年轻的情侣们拥抱着旋转，玫瑰花的芳香溢满每一个角落，我的记忆里却拂过少年时的风。

那时的我，坚信苍老与青春相隔山与海，也坚信感情可以像海一样深沉，我给你的越多，我自己就越富有，两者绵长得无穷无尽。

然而越长大就越发现，这世间的谎言与誓言一样多，说一句真心话比玩一次大冒险更艰难。

“多少人曾爱慕你年轻时的容颜，可是谁能承受岁月无情的变迁。多少人曾在你生命中来了又还，可知一生有你我都陪在你身边……”

歌声在耳边回荡，我想起叶芝的爱情，终其一生，他也未曾得到过茅·德岗小姐的心。他曾为她写下《当你老了》，待到暮年之时，荣耀加身，看到天真可爱的面容，心间首先想起的，依旧是她的脸。

“我看看这个孩子，又看看那个，想到她在这个年纪是否也是这般模样。”翻阅他的生平事迹时，那是最打动我的一句话。

身边等车的校服男孩说：“下雪了，我们一起走过这条长街，是不是就可以一直到白头？”

他眼中的女孩子，怀里抱着一个大大的玩具熊，笑起来的时候梨涡浅浅，还有一对可爱的小虎牙。

你看，每个人的爱情里，都有一个白头到老的版本，然而岁月变迁，容颜易逝，陪伴在身边的，却很难是最初的那一个。

但好在人生中总有那么一段年纪，说过的话，做过的事，爱过的人，都像春天的清晨，有着源自灵魂深处的真诚。

记得当时年纪小，不知有情人节，大雪后的初晴，我在屋檐上发现一根冰凌，仰头相望的那一霎，只觉它美过世间所有的钻石。后来我把那根冰凌紧紧捂在胸口，想拿给同村的男孩子看，却因捂得过紧，找到他时冰凌已经化作了衣服上的一摊水渍，兀自地冒着热气，像白日下的梦。

做过那样的梦的人，是不是永远都不会老？

夜车穿越灯火漫天的城市，我把脸抵在玻璃窗上。想起前不久看到的一张照片——

一对老人颤巍巍地走在街上，人来人往中，老先生拄着拐杖，表情拘谨又彷徨，像一个初涉人世的孩子。他的衣服上写着："如果我走丢了，捡到的人请把我还给简。"老太太满头银丝，也满脸慈爱，她的衣服上回应着："我就是简。"

最长情的告白，莫过于此，管他是傻气还是孩子气。

像波兰诗人安娜·申切斯卡的诗句，最伟大的爱情，无一不是尘世包裹的珍珠：

> 她六十岁，拥有生命中最伟大的爱情。
>
> 她和心爱的人挽手漫步，微风吹乱了他们灰色的头发。
>
> 心爱的人说："你的每根发丝都像珍珠。"
>
> 她的孩子们说："老傻瓜。"

有了爱，人心就会变得柔软，从此便不必在世间蒙眼走路。在最低沉的时候，也可以一想起某个人、某个场景，就有了活得更好的勇气。

到达楼下时，D发来短信，祝福我节日快乐。他说："对不起，今年太忙，又忘记送你礼物。"

我回："没有关系。"

其实，一个人如果有爱，那就得到了世间最好的礼物。

就像如果有一天，我们老得可以哀乐两忘，或许那时候真的可以好好坐下来，谈一谈年轻时的爱情——

彼时，我们拉着手走过大雪纷飞的长街，有梦不觉人生寒，只余春风沉醉。

就像从前，总是想着要好多好多的爱，只愿沸腾，不屑温存。而如今，与年少时最大的不同，就是可以坦然面对岁月的无情和人心的变迁。

爱情里的版本成千上万，各不相同，最美的那一个，未必是最合适你的那一种。

生命中的人，来了又走，走了又来，如果有爱，我宁愿你爱我少一点，也爱我久一点。

PART 6

内心传递出去的温情和善意，会以各种各样的形式反哺给自身——你的气质，你的容颜，你的眼神，你的运气和人生格局。

世界很冷漠
偏要活得温暖

置身黑暗时，在心里点一盏灯

有多少人在日光下庸碌一生，就有多少人在暗夜里独自前行。

初中不寄宿的那一年，我经常在凌晨起床。窗外天黑如深海，一眼望不到底，也望不到边。昏黄的白炽灯下，我弓起后背，一件一件地穿衣，把自己包得严严实实，然后拎着家里准备好的咸菜，赶去上学校的早自习。

那个时候的冬天，常下雪，早间的温度更是低至零下。天哑忍着，迟迟未亮，四周的空气寂静又清寒。山坡上光秃秃的，农作物都已经尽数收割，星星点点的孤坟隐匿在矮小的墓碑后，如夜鱼探出海面的鳍。视野里只有一条纤细的小路，结了薄脆的冰，泛出微白的、冷质地的光，像脑袋上中分的发线。

一个人走在山路上，能听到自己的脚步声，还有路边低矮、干枯的小灌木摩擦裤管的声音。没有人说话，就独自背诵课文和英语单词，那些带着热气的句子和单词在半空中尚未凝结，仿佛就已被幽暗的天光吞咽。

有时候，也会唱歌，大声地唱，反正唱破音也没有人笑话。就那样一首又一首，把身子渐渐唱暖，于是心里也就不那么害怕了。

从家里到学校，十几里路，走得慢的话，要一个多小时。经过沉睡的村子和人家，翻越冗长的山岭，就能看到一大片水田了。那里沟渠遍生，阡陌纵横，像一张铺开的蛛网，挂着透明的、摇摇欲坠的晨露。

沿着田间的小路，脚趾紧紧抠在鞋子里，一步一步地朝着学校的方向前行。暗沉沉的天色也在一层一层地剥去，身边的景物渐渐变得清晰——枯树的枝丫，杂草的叶脉，流动的小溪，头顶的静云，田埂上一排排绑着草绳的大白菜，还有远处村庄和建筑物的轮廓，一点点地跟着慢慢浮现。

是时，天地如同初生，整个世界都顺从地沐浴在黎明的光亮里，心底的恐惧也在不觉间消散得一干二净。一颗心随之亮堂起来，步子打在路面上，坚定而清脆。

田间开始出现挖荸荠的农人，无比熟稔地挥舞着钉耙，一下一下地，像一种古老祭祀的仪式。生长在泥土之下的紫色果实，形状酷似马蹄，削去皮后，则清白如玉，甘甜生津。那时的我总是会不自觉地想，会不会在某个夜间，田下的荸茅蹄下生风，行空远走？

路上也渐渐有了同行的人。三三两两的学生，来自不同的村落，却有着相同的目的地。在晨光熹微的广袤空间里，各自不言，只是做一个默默陪伴的同行者。

记得有一次，初夏时节，昼夜温差很大，也是在去学校的路上，走到田间时，我看到一个女生倚在大树边，把长裤不急不缓地脱下，然后塞进随手拎着的装饭盒的口袋里。而她的长裤里面，竟藏着一条雪白的半截纱裙。裙边从纤瘦的腰际抖落至膝盖，露出白藕似的小腿，在凉雾迷蒙的空气里走动着，轻盈又优美地走进晨光深处。

后来，我再也没有遇到她。然而，现在想起那个场景，记忆里依然流动着一种特别的美感，就像是黑白默片时代里的镜头，可令人频频回味。水乳交融的天光和雾气，东方的鱼肚白，闪耀的启明星，胸口尚未冷却的梦境，那一刻只觉得身边所有事物的茂密丰盛也不及一颗少女的心对美的向往。

如果时间足够，是可以走大路去学校的，不过需要绕过小镇，路程得远上一小半。马路从村口起，延绵到镇上，走到一半的时候，天就会亮起来。待天光完全亮透，也就能清晰地听到镇上传来的各种声音了。

小镇上的钢球厂和钢铁铺遍地都是，煤烟可以蔓延到几公里外，巨大的铁片直接扔在坑坑洼洼的马路上，反正别人也偷不走。只是有车开过去的时候，当街就会发出“哐当哐当”的一串巨响。街上家家户户都养狗，狗们凶神恶煞，看到可疑的人就要狂吠好一阵子。我每次路过那里，都要尽量昂首阔步，让自己看起来像是个正人君子。

想起从前有一次和妈妈同行，到了街边，遇到有家店铺正在卸货，无数小小的铁环在街边滚动，有一个正好落在我脚边。我欣喜地捡起来，正打算偷偷藏一个拿回去玩，却被妈妈发现了。

“妈妈，就这一次好不好？或许，他们不会发现。”

但妈妈严厉地制止了我：“不可以。一次都不可以。有些事，永远都不能去尝试。”

妈妈走在我的前面，步伐结实，肩上担着箩筐，也担着风霜。

很多年后，我的女儿也经常在凌晨时分起床去上学，闹钟会准时把她叫醒，然后她就会从被子里爬出来，迷糊着眼睛，坐到床边摸摸索索，弓起干瘦的后背，一件一件地往身上套衣服。

窗外是黢黑的天，玻璃上蒙着沉沉的雾气，正是呵气成冰的季节。她看了看窗外，开始小声地试探着叫我:“好冷啊，妈妈。好黑啊，妈妈。”

她快十岁了，个子噌噌地往上长，但内心里还是一个柔弱的小女孩，和很多年前的我一样。我走过去，温柔地拥抱了她："孩子，不要怕，走着走着，天就亮了。"

有一首《旅客》的歌里唱："走着走着，天就慢慢亮了。走着走着，人就慢慢散了。走着走着，倔强变得柔软，我们长大了。"

有多少人在日光下庸碌一生，就有多少人在暗夜里独自前行。时间漫过心间，尽是深渊，唯有临渊而立，方觉身如旅客。星霜相照，过耳风声近在耳侧，手中握着的所有记忆，也都成了行囊。

人生这条长路，有多少曾与之同行的人，尚等不及一个"很久以后"，就走散了，走失了。

但纵然如此，依旧要勇敢地走下去，就像有些孤单，你必须独自承受；有些道理，你必须独自领悟；有些黑暗，你必须独自穿越。

置身暗夜时，给自己的心掌一盏灯，就不会迷失了方向和初衷。

走着走着，天就慢慢亮了。

单枪匹马、独自上路的人啊，不要怕。

努力加餐饭，与生活把酒言欢

在罅隙中懂得努力加餐饭的人，定能随时与生活把酒言欢。

1

小时候，有一年早春，村里的小春家翻新房子。老房子不能住了，一家子全都搬到屋前的稻田上。几张老木床，用竹垫、门板、油毡、塑料膜等物什遮遮盖盖，床边连着菜地，橱柜背后就是锅碗瓢盆。

每天清早，稻田间就开始蓝烟袅绕，然后我就会背了书包，循着那烟，走过弯弯曲曲的田畦，去喊小春上学。

那时，五谷已在去岁尽数归仓，天地间空廓静寂。延绵的稻田里，只留下光秃秃的一层禾蔸，冷不丁地吐出一两处嫩芽，在寒风中微弱又顽强地起伏着。路边一摊的水渍都结了冰，上面飘着丝丝的褶皱，是夜间被冻住的风痕。

小春家乌青的油毡上也落满了雪粒子，被烟雾、水汽蒸腾着，远远看去，斑驳中又有一层温情的氛围。

小春是个谜一样的慢性子，总能雷打不动地细嚼慢咽，最普通的白米稀饭加咸蛋好像都能被她吃出特别的香味来。

“吃饭是人生大事，莫催，莫催，雷公都不打吃饭人呐……”

小春奶奶在泥巴糊成的土灶边熬稀饭，米香淡淡地飘散，她一小把、一小把地添柴，笑起来一脸褶子，像个落了肉的桃核。

待小春吃完了粥，奶奶已经在她的雨靴里垫满了干稻草。她穿上靴子，拉起我的手，一路蹦蹦跳跳，直呼暖和。

有一天放学后，我磨蹭着不肯回去，写完了作业就和小春坐在床边听歌，一首又一首。她的床头，放着一台录音机，是她哥哥从广东带回来的，还有好多印着明星头像的磁带。有时候，磁带会卡住，她就伸手摸一根筷子，熟稔地将其卷好，再喂到卡槽里，果然又咿咿呀呀地继续唱。那会儿流行听粤语歌，宝丽金的磁带，附有歌词，我们趴在床上，头挨着头，把歌词一字一句地抄到小本子上。

天慢慢黑下来，我就顺势留在小春家里吃晚饭。暮色萧萧，小春奶奶用冒着白汽的井水淘米、洗菜、涮腊肉。脆生生的白菜，清甜多汁；腊肉熏了一冬，收纳了沉甸甸的烟火气。洗好的腊肉，片好后蒸到剔透，倒进铁锅里用干辣椒炝几分钟，洒点老酒，再浇上一瓢井水，驯服了激溅的油光火舌。锅中应势沉静下来，任凭汤汁热气慢悠悠地浮沉滚动着，溢满田间阡陌，顿时四野生香，直勾人饥肠。

“饭一定要吃好，吃好啊！”

小春奶奶亮开嗓子，翻修房子的一家子也陆陆续续地聚过来了。他们拍拍身上的石灰，就着井水洗手，然后就和我们一起坐在长凳上，齐整整地围住锅灶，一人一只大碗，吃得浑身酣畅，心也厚实妥帖。

晚饭后，父亲来接我，我死皮赖脸地要在小春稻田的家里过夜。父亲拗不过我，就和小春爸爸坐在田埂上抽旱烟，不时发出“吧嗒吧嗒”的声响。火光在清冷的夜幕中明灭，如孤星闪烁。

后来父亲折回，我坐在小春的床边洗脚，伸长了脖子目送他离去。一条微白的细路，他的背影渐行渐远，渐渐化在浓稠在夜色里。

洗完脚，我们把洗脚水顺手泼在菜地边，雾气四下弥漫。夜间睡在床上，周遭安谧得出奇，仿佛能听到菜叶孜孜生长的声音。到了半夜，我们窸窸窣窣地下床，去稻田深处解手，一仰脸就有薄雪拂面。

翌日清晨，雪落了满地。我在田间醒来，门是敞开的，雪光照眼，恍惚中如至异域。

小春奶奶坐在灶边熬稀饭，清香白胖的稻米在锅中翻滚，柴火噝噝有声。乳白色的热气氤氲着，远山的轮廓也拉近了，好像浮在眼睫上。

是时，身边的小春一个鲤鱼打挺，头一下就顶着了“房顶”。油毡上的雪从缝隙间漏下来，扑扑簌簌，全洒在我们脖颈里，又凉又痒，却让人由衷地觉得幸福。

“饭要吃好啊！”小春奶奶的话，让平常的一顿饭多了一种仪式感。

早饭时，我开始学着小春的样子，慢慢地咀嚼，慢慢地吞咽，慢慢地感受，然后，从舌尖，到胃肠，再到回忆，都记住了那种简单朴实的温暖。

2

十七岁，我在深圳打工。厂里是包食宿的，但还是有很多人在外面租房子住。因为要省钱，他们租住的地方多是附近老式的民居，有点像棚户区的样子，密密匝匝，一间连着一间，石棉瓦，水泥地，门口的葡萄架上挂着花花绿绿的内衣和厂服。

有一个女孩子叫阿妹，广西人，是我的工友，我们平时就坐在一条流水线上，拿着电动螺丝刀给各种各样的小玩具打上螺丝。工作算不上太累，就是容易犯瞌睡，一不小心就打滑了。打滑了要挨主管的骂，所以经常恨不得用牙签把两块眼皮支起来。那时，阿妹就会在旁边用手肘捣我，然后陪我说上一会儿话。我现在还记得她说话时的样子，没有卷舌音，软糯软糯的，跟她的性格一样。

阿妹比我大一点点，在我面前，她自然就充当了姐姐的角色。我刚好也很享受那种被照顾的感觉，比如我们在外面吃夜宵，她会把肉丝都扒拉到我碗里："你太瘦了，要多吃点儿肉。"她说普通话的时候，总是把"肉"念成"又"，为此我没少笑话她。她也不恼，依旧傻乎乎地对我好。

阿妹也住在外面，和她姐姐一起租了间小房子，就在工厂背后。她姐姐经常上夜班，到了白天，要么在屋里补觉，要么就是去城里看男朋友。

那时，只要晚上不用加班，我就去找阿妹玩。我们一起去逛夜市，买杂志，也买廉价的衣服，单薄的青春，仅需稍微装点一下，就可以呈现出明亮、愉悦的色彩。

街边新开了一家俱乐部，叫"2008"。"2008"，那串数字，想着就觉得遥远。我们在路边的小店里吃糖水，磨磨蹭蹭半天，只为追一集《情深深雨蒙蒙》。插播新闻时，申奥成功的消息传出来，不明白为什么有那么多的人会站在椅子上欢呼雀跃。

夜市上卖盗版碟片的摊位，最爱放《离家的孩子》，专门勾惹异乡人的眼泪。

离家的孩子
流浪在外边
没有那好衣裳
也没有好烟
…………

春天已百花开
秋天落叶黄
冬天已下雪了
你千万别着凉
…………

灯火迷离的街道，机器轰鸣的工厂，离家的孩子们，麻木的肉身穿行在其中，内心的那碗乡愁，却始终温热鲜活。

阿妹也想家。她跟我说，她有一个愿望，就是在老家开一间面包房，做烘焙，做蛋糕，做一切好吃的小点心。

她坐在出租房的小凳子上，翻着一本过期的美食杂志，说道："小时候，爸爸带我去城里，我看到橱窗里的生日蛋糕，做梦都想要一个，心想那一定是世界上最好吃的食物吧。但是我不敢要，因为很贵，我知道爸爸买不起。不过，现在我们姊妹们都长大了，日子总算是越来越好了，可以自己赚钱，然后做自己喜欢做的事情。"

有一次，阿妹用电饭煲给我做糯米饭吃。那天，她刚洗完澡，头发湿漉漉地挂在耳后，露出光洁白皙的侧脸，极是好看。她站在小桌子旁边，往糯米里加不同颜色的果汁和蔬菜汁，过程虔诚而专注。

我在一旁看着，就像看一位刚过门的新媳妇，她的身上竟有一股说不清的神采和韵味，以至于后来看到书里说什么"洗手做羹汤"，我也总是会想到她温柔的样子。而糯米饭本身的味道，除了香甜好吃之外，很多具体的细节都被时间冲淡了，倒是那个制作的过程一直让我念念不忘，如洗不掉的气味，牢牢地附着在记忆的盒子里。

3

这些年，在灶台的方寸之间，我与天南地北的食材打过交道，也常依照菜谱烹制出各种美食。

我毕恭毕敬地尊崇着“色香味意形养”的佳肴之道，也狡黠地企图在无辣不欢与清淡营养之间寻求两全之法。

而我是从什么时候开始真正地爱上厨房的呢？回溯往昔，想来就是那次胃坏掉之后吧。

我狠狠地病了一场，初愈时躺在床上，朦胧间听到父亲在厨房煎猪油的声音，噼里啪啦，敦厚又清晰。高压锅里蒸着米饭，噌噌地冒气；窗外是漫天的春花和云霞，我的小婴儿流着口水，趴在床角玩积木；暖阳照在屋子中央，一寸一寸地把人心照亮……我趿着拖鞋，倚在门边，看着父亲一碗一碗地盛饭。饭碗端在掌心，米香扑鼻的那刻，忽然就觉得饿了，好像饿了很久一样。

就是那样，胃口来了，心神也活过来了。你看，这人世，终究还是丰饶可恋的啊！而人活着，就是要好好关爱自己。

如果把家比作一个人，那么厨房就是家的胃。和自己的胃好好相处，才有充沛的精气神去抵抗或拥抱这个苍茫的世界。

几日前，一个平淡无奇又颇有深意的黄昏，我在厨房忙禄。刨山药，洗排骨，择香葱，紫砂锅支在灶上，米粒在电饭煲里膨胀，水龙头哗啦啦地响……

是时，远方的女友给我寄来包裹，是她亲手制作的豆瓣酱。用小小的瓦罐盛着，旁边附了一封手书，圆鼓鼓的字体，跟她的爱意一样拙朴天真。

> 思君令人老，岁月忽已晚。
> 弃捐勿复道，努力加餐饭。

霎时热泪盈眶。

在食物与情感面前，语言终归是轻浮的。在这样风雨如晦的季节里，一碗米饭，半匙酱香，就足以把日子过得舒筋活络又推心置腹。

忽忆起多年前的早春，路过用犁铧耕过的稻田，春草蔓生，泥土的腥味还充盈在鼻腔里。我背着书包，在田埂上像小马驹一样地奔跑，大声喊小春的名字，心底有奔腾的热气，胃里有软糯的热饭。

《感官回忆录》里说：“人的一切回忆，都能在感官的昭示下，沿着原路返还。”

我相信。就像一滴酒对葡萄的怀念。我时常在与厨房厮守的过程中，想起童年时的甜蜜与富足，以及青春涉世时的懵懂与温馨。

世事如飨宴，我们曾经跋山涉水地赴约，也曾经马不停蹄地离席。

所幸一颗心还可以循着味觉和气息，一点点地去觅那回忆里的暖意。那里有我肉体的原乡，也有灵魂的浪荡之所。

如此，再投身于茫茫俗世时，便不会活得平庸又乏味。在罅隙中懂得努力加餐饭的人，定能随时与生活把酒言欢。

向往爱情，也不惧怕单身

尘世依旧庸俗，生活依旧喧杂，日光之下无新事，可不被蒙尘而永葆新鲜的，大概只有疏阔澄澈的灵魂。

1

她是我的高中同学。

记得刚进校那会儿，班上同学都要挨个做自我介绍，有人激情飞扬，有人婉转可爱，有人耍宝搞怪，只有她，从上台到回到座位，一直没有抬头，声音小得像是做了错事一样，尽管我离得近，也只能隐约听到她的名字——带娣。

正式上课后，她的座位被安排在我的旁边，但也总是独来独往。一个人去食堂，一个人到教室，一个人回宿舍，从不主动跟人说话，也不参加任何课余活动。印象中的她，留着厚厚的刘海儿，头发遮了大部分的脸，经常低着头，瘦瘦的身体，落寞又倔强的眼神，走起路来像风。

有一次，班上有位男生带来一部相机，说是可以给大家拍照。那年头，在我们那个小小的县城，私人相机还是稀罕之物，所以很快教室就炸了窝，大家纷纷引颈相望，摆着各类奇葩造型，喊着："这边，这边，来一张。"更有顽皮的男生，大声嚷着要和喜欢的女生单独合影。但只有她，沉默地坐在座位上，仿佛与整个世界的热闹隔离开来。

后来又有人提议，全班来个大合照。大家齐声叫好，立马勾肩搭背地站成几排，做生死兄弟、不离不弃样，女生们还拉起了手。于是，作为班干部和邻桌的我走过去问她："带娣，过来跟我们合个影吧。"没想到，她在迟疑了一下后，竟然点头答应了。

那张照片我一直留着，她站在最后一排，被前面挤挤挨挨的同学遮住了脸。但是我记得她的位置，也记得那次拍照时，她紧紧地拉住了我的衣袖。

经过那次"照相事件"，她好像对我有了一些好感，有时还会扭过头来冲我微微地笑一笑。

不久后的某个周末，因为要参加一个校内活动，我没有回家。她也没有回去，只是留在教室，安静地看书。下晚自习时，她主动喊我去操场上走一走。初秋的夜色，月光特别好，桂花树结了累累的花苞，香气醺得人轻飘飘的。我问她："带娣，你怎么没有回去呢？"

她没有立刻回答我，而是站在一棵花树下，仰起脸，摘下几枚桂花来，凑到鼻尖深深一嗅：“好香的花啊，真是让人死而无憾。”

我一怔。平时听惯了同学们的嬉笑打闹，突然听到她的语气，顿时觉得她不像我们的同龄人。又想着她说的“死而无憾”，便急忙追问：“带娣，你……是发生了什么事了吗？”

我看到她的眼神黯淡下去，低头沉默着。过了片刻，我不放心，再次小声问：“带娣——”

这一次却被她打断：“带娣，带娣，你不知道，我有多么讨厌这个名字！”

然后，她就从她的名字开始，和我说起了十几年成长中的孤苦与酸涩。

她家住在县城，家里条件还不错，有一幢房子，还有一家一次性打火机的加工作坊。但是，从她懂事的时候开始，她就知道，自己在这个世上，是那样的多余。

她上面有三个姐姐，家里一心想添个男丁，可谁承想，又生了个女孩，而且还是一个打出生时右边眉骨上就落了一块紫色胎记的女孩。

小时候，她经常受到邻居家孩子的嘲笑和欺负。他们用小石子丢她，骂她是丑八怪，是怪胎。她哭着跑回家告诉妈妈，可迎接她的却是妈妈冷漠的眼神，那是比旁人的欺辱更为严重的伤害。

上学后，她很用功地学习，得了很多奖状，可依然讨不到家人的欢喜。平时，她没有零花钱，穿的都是姐姐们剩下的衣服。在家里，她必须做很多家务，就像一个免费的佣人。

渐渐地，她变得越来越沉默，越来越自卑，不敢照镜子，忍不住讨厌自己，以至于每次在课本上写自己名字的时候，都觉得是一种讽刺。

“带娣，带娣，我活着的全部意义就是为了给父母带来一个弟弟！如今，我终于有一个弟弟了，可是更讽刺的事情也发生了，这个迟到了十几年的弟弟，却不是我的妈妈所生。”

她的爸爸将那个小男孩带回家，理直气壮地要跟她妈妈离婚。她妈妈先是哭，再是闹，最后砸了家里所有能砸的东西，把积压的怨气都撒在她的身上：“你为什么不是个男孩啊，生你有什么用？”

她不懂得辩解，只能木木地站在那里，任由妈妈撒气，自始至终，都没有哭一声。

“所以，我不想回家。”

对着我这个“树洞”倾诉完毕后，我们又并肩在跑道上走了很多圈。那天晚上，前后也不过是几十分钟的时间，却仿佛把她十几年的成长之路又重新走了一遍。

回宿舍的时候，月色好得近乎圣洁，我看着校园里那些笑着、哭着、闹着、迟迟不肯睡去的年少的脸，不禁猜想：在这世间，是不是每个人心里都有一个不为人知的角落，用来收藏生活中的枯枝败叶，以及成长中的酸辛悲苦。

2

校园里的桂花开了又落，香樟树的叶子落了一茬又长一茬，时间过得真快啊，第二年的初夏，因为妈妈去世，我不得不离开校园，然后辗转出门，到异乡谋生。

那些年，我一直死死恪守着青春的敏感，不肯给他们写信。一颗心就那样自卑着又骄傲着，宁愿从此天涯陌路，隔绝消息。

直到数年前，心性温软下来，因缘巧合地，又跟从前的同学联系上。后来回老家时，我还去参加了一次聚会，不曾想到的是，会再次见到带娣。

一别十年，大家吃吃喝喝之余，不免唏嘘感慨，话题也自然离不开各自的感情生活。当时，很多同学都已经结婚生子，比如我；也有很多同学，依旧保持着单身，比如带娣。

见到她时，我眼前一亮：这还是以前的那个自卑孤独的少女吗？干练的短发，飞扬的神采，笔挺的身姿，与之前完全判若两人。可又的确是她，眉骨上那块紫色的胎记，依旧在那里。

那一天，带娣主动拥抱了我。倒是我，觉得有些羞涩——孩子也在怀里哇哇地哭，一会儿尿了，一会儿拉了，弄得我一脸狼狈。

散会后，带娣开车送我回村庄。穿越县城时，看到窗外熟悉又陌生的老街，倾泻在玻璃上的霓虹，竟有浮生若梦之感。孩子在轻微的颠簸中沉沉睡去，我正好可以窝在她的副驾驶位上与她慢悠悠地聊着天，聊着十年的时间究竟可以让一个人发生怎样的改变。

于是，我也得知，就在我离开校园后不久，带娣的父母也离婚了。她的妈妈没能承受住打击，终于选择在一个夜间点燃了家里的打火机作坊。火灾很快引起了爆炸，她的妈妈当场丧命，整个作坊毁于一旦。

后来，她的爸爸带着弟弟住进了他们的新家，她和姐姐们则留在原来的房子里，境况大不如前。再后来，姐姐们嫁人的嫁人，外出的外出，能不回家就不回家，而她，最终也没能去上大学，出了校门后就到县城里的一家工厂做事了。

十年的时间，她从一名车间女工做到了打火机工厂的老板，中间经历了多少苦辣辛酸，她没有告诉我。但是至少我知道，现在的她，已经不需要向任何“树洞”倾诉了，她活得自信又敞亮。最重要的是，她懂得了如何接纳自己，发掘自己，如何与生活中的磨难愉悦地相处。

“其实现在想起来，我还要感谢那一次爱情。愿意听我的爱情故事吗？”她俏皮地一笑，不待我回答，便自顾自地说起来，“在遇到那次爱情之前，我一度认为，自己这辈子注定会孤独终老。世间的爱情那么多，唯独我不配得到”。

就在她二十岁生日那天，她遇到了他，那个点亮过她生命的男生。

生日当天，她没有去上班，而是一个人待在老屋里，破天荒地为自己做了一顿丰盛的晚饭，然后又破天荒地去了一家理发店——几年的隐忍辛劳，省吃俭用，她突然就想犒劳一下自己。

店主是一个长相很普通的男孩子，脸上挂着能融化人心的微笑。镜子前，强烈的灯光刺得她眼睛发胀。他轻轻撩开她的头发，指肚抚过她的眉骨，温情而有力。

换了发型，她看着镜中的自己，就像看着一个陌生人。出门时，他来送她："欢迎下次再来，美丽的小姐。"

她愣住，不敢相信自己的耳朵，心里好像有什么东西轰然倒塌，又好像有什么东西悄然发芽。尽管，她听到的或许只是一句再平常不过的客套话。

那天晚上，她一个人在街上走了很久，看了很久。依旧是俗气难耐的霓虹招牌，橱窗里的时尚服装依旧在苦苦追赶大城市的脚步，马路上依旧人来车往，巷子里依旧摆满了热气腾腾的夜宵摊……可是，分明生活了二十年，她却好像是头一次将这一切静心地打量，温柔地接纳。

后来，她有空就会去他的理发店坐一会，修一修刘海儿，说一说生活。再后来，他请她去吃宵夜，从红薯粉到麻辣豆腐，他们挨个吃了个遍。他去她的工厂门口等她下班，乐呵呵地跟门卫老头聊天；他陪她去买合身的衣服，鼓励她穿出自己的味道；他和她一起回家做饭，吃完了就抢着去刷碗……

再后来，他拉起了她的手，带她去见妈妈。可他的妈妈不喜欢她，就是没来由的不喜欢。他是单亲家庭长大的孩子，更是个孝子，她知道，为了他们的事情，他和妈妈发生了很大的争吵，那是他生平第一次顶撞妈妈。尽管最后，他还是选择了妥协——他的妈妈就差把刀架在脖子上了，他只能向她提出分手。

她不怪他。在这个世界上，她遭遇过那么多没来由的不喜欢，多得让她觉得是理所当然。但是，她也获得了一个人的喜欢。没有人知晓，这份喜欢对于她的意义简直等同重生，甚至也已经超越了爱情本身的珍贵。仅此一点，她就觉得自己这辈子就没有枉活。

是他将爱情最美好的样子摊开在她面前；是他告诉她："你自卑的地方其实正是你独特的地方，就像这个胎记一样，是你用来区别于芸芸众生的印记。你看，就是因为它，我才能遇到你。"

他对她的好，她都感恩；他曾对她说过的话，她都相信。所以这些年，她一步一步地走过来，不管遭遇多大的艰难险阻，都不曾看轻自己。

在她的工厂里，老男人们依旧会说着荤段子调戏新来的小工人，而由他们亲手组装的一批打火机也已经翻山越岭，漂洋过海，去往欧美的街头，被某位绅士握在掌心，点燃香烟。

尘世依旧庸俗，生活依旧喧杂，日光之下无新事，可不被蒙尘而永葆新鲜的，大概只有疏阔澄澈的灵魂。

如今的她，成熟优雅，豁达可爱，交了很多真心的朋友，去了很多遥远的地方，也原谅了很多晦涩的往事。她的名片上，端端正正地写着自己的名字，掷地有声，闪耀沉静。

真好啊，这样的状态！她是女人，却丝毫不输给男人；她向往爱情，也不惧怕单身。

几十分钟后，车子到达我的村庄。夜色一层一层剥落，覆盖大地，我的心底却是一片澄明开朗，如遇永恒的星辰。

临别时，我邀请她进屋坐一坐，她笑着说：“不了，别打扰老人休息。再说，我还要回去，给弟弟送礼物，那孩子长大了，挺招人疼的。”

目送她离去后，我抱着女儿进屋。老父亲还没入睡，便在床上探头问：“是谁送你们回来的啊？”

我笃定地回答：“是一位非常美好的小姐。”

修养，是一个人的内在颜值

教养是父母给的，修养却是自己给的。修养，就是一个姑娘的内在颜值。

1. 请记得，你对服务员说“谢谢”的时候，很美。

2. 逛超市时，不要随意拆开包装，那些选好又放弃的商品，请轻轻放回原处。

3. 守时、守约、守信，做不到的事情，不要轻易承诺。

4. 在心底为自己保留一份童真。

5. 学会与不同职业的人聊天，拓展思维。

6. 不要抱怨生活，不要经常拿命运说事，生活是自己决定的，命运也压根就不知道我们是谁。

7. 勇于承认错误，不找借口，改正就好。

8. 不给别人添乱，不做伸手党，其实生活中的大部分问题，搜索引擎都能解决。

9. 不给自己添堵。你可以完善自我，但没必要按照别人的模式来改变，你永远不可能让所有人都满意。

10. 多阅读，腹有诗书气自华，学识将决定一个人的格局。

11. 记得有空收拾房间，勤快的姑娘，运气也不会太差。

12. 与人交谈的时候真诚地对视，并微笑着表达自己的想法。

13. 多微笑，微笑是最好看的表情。

14. 练习自控力，负面情绪不转移。

15. 在公共场合就餐时不要把鞋子脱掉，尊重他人也是尊重自己。

16. 哭泣的时候，不要做任何重要的决定。

17. 说话做事，对领导不卑，对下属不亢，对自己的底线尊重并守护。

18. 不讨论别人的私生活，不诋毁，也不参与诋毁。

19. 尽心尽力地做好手头的每一件事。

20. 开得起玩笑，但不乱开别人的玩笑。

21. 自信。

22. 学会独处，生活再繁忙，也要留一份空间给自己。

23. 对世界保持最基本的善意，哀矜勿喜。

24. 非礼勿视，别人输密码时请回避，不要擅自翻看别人的手机相册。

25. 心态要好。

26. 独立，并努力，成为自带安全感的人。

27. 提升你的衣品。

28. 保养皮肤。

29. 适当运动，偶尔步行，保持身材的曼妙。

30. 爱金钱没有错，请学会理财。

31. 聚会时切忌喋喋不休，内敛很重要。

32. 学会至少一种才艺，会让你更有魅力。

33. 永远保持学习的动力。

34. 规划你的人生。明白自己想要什么，不想要什么。

35. 对别人家的熊孩子多一些耐心，但当自己有了孩子后，请记住不是每个人都会对熊孩子有耐心。

36. 发电子邮件的时候，别忘了在结尾处写一句祝福。

37. 保持口气清新。

38. 旅行，多见世面。

39. 你可以对恋人撒娇，但不要对这个世界撒娇。

40. 培养一种叫“随时可以让人生重新开始”的能力。

41. 尽量不说谎。日谚有云，“说谎之人饮千针”。

42. 学会真心赞美，对人对己，一视同仁。

43. 学会保护自己。遇到恶人果断绝交，不拖泥带水，不做无谓的愧疚。

44. 不要在言语上争强好胜，不要赢了面子输了人心。

45. 不晾晒苦痛。汗水和眼泪，自己知道就好。

46. 不炫耀，不吹嘘。

47. 有心气儿。

48. 忌妒会让人变丑。

49. 给需要帮助的人一些力所能及的帮助，可提升幸福感。

50. 不要揭人伤疤，戳人痛处。

51. 学会倾听。

52. 能清醒地反省自己，并找到症结，也是一种长处。

53. 遇到讨厌的言行时，请提醒自己，永远不要成为那样的人。

54. 对生活有诚意，不潦草，不敷衍。

55. 相信爱情，用心对待。追求一个喜欢的人，不丢人。

56. 有空多陪伴父母，陪伴是最好的孝心。

57. 珍惜友谊。熟人三千，抵不过朋友一瓢。

在冷漠的世界里温暖地活着

当遇到厌恶的言行时，在心里告诫自己，永远不要成为那样的人。

上一本书出版时，我留了私人邮箱，后来断断续续有人写邮件来。到现在为止，大约收到了一百多封——如果是纸质的，应该可以装满一个抽屉了。我有时会想象，在某一个阳光大好的午后，缓缓拉开抽屉的情景，像有细碎清香的花，开满了心间。

这些邮件，大多是年轻的迷茫、困惑，关于情感与生活。我每一封都会仔细地回复过去，不过是举手之劳的帮助，一个链接，一声应答，或是一段发自肺腑的言语。

但依然经常有人说："小汐，谢谢你，你真是个温暖的人。"

我隔着屏幕微笑，好像那一刻的人生也得到了一个五星的好评："不客气，我理解那种在黑暗中独自摸索的心情。"

前几天，有刚进大学的女生写信来，倾诉她的委屈和痛苦。大意是，因为家境不好，衣着落伍，长相不好又不会打扮，常遭人挖苦取笑。

回信给她时，我想起小学的一位女同学。她因为不漂亮，成绩不好，家里穷，上课总是迟到，"理所当然"地成了小集体中最不受欢迎的人。

女孩子们不愿意跟她一起玩，男孩子们习惯了用小石子扔她，就连老师也可以随便体罚她——

迟到了就不准进教室，在门口蹲马步，蹲一次喊一次"下不为例"；考试不及格就让她把试卷贴在脑门上，围着操场跑十圈。

还有各种各样的讥讽和挖苦："丑人多作怪。""龙生龙，凤生凤，老鼠的孩子打地洞。""你读书有什么用，简直是浪费钱。"……

最初，她也会哭，哀哀地啜泣，但经历的次数多了，也就麻木了，不会哭，也不会抵触，眼神空洞着，好像朝里面一望，再也看不到她的心。

那时的小学还未普及义务制，所以她在五年级的时候就退学了，因为家里没有钱供她上学。

她父亲早早过世，母亲改嫁，只剩下奶奶一个亲人。奶奶背驼得很厉害，在镇上集市摆了一个小小的百货摊，维持生计。

我见过她的奶奶，终年脸上、身上都贴满了膏药，口里喋喋不休地念叨着，小孩子都怕她，也很少有大人敢买她的东西。

离开学校后，她早早地到镇上谋生。有时去米粉店给人做小工，有时去舞厅门口卖瓜子、冰棒，声音怯怯的，冰棒常化掉。有时，她也给奶奶看摊，低着头，依然不爱笑，性格逆来顺受，遇到昔日的同学，会很快地远远躲开。

后来，在我上高中的时候，她就嫁人了，据说嫁给了隔壁村的一个二婚男人，对方大她十几岁……

“那男人待她好吗？”那时的我，竟不敢往下问。

时至今日，每次想起她时，脑海里最先浮现出来的还是那幅场景：

寒风刺骨的冬天，她脑门上贴着试卷，机械地奔跑在操场上，鞋子一只大一只小，脸上看不清表情，眼神空洞着，好像朝里一望，再也看不到她的心……

那幅场景，是我童年记忆里无法拔除的一根刺。疼痛之余，便也只能一遍又一遍地提醒自己，要尽量活得温情良善，不去做恶意与冷漠的帮凶。

因为我知道，那些伤害，通常不是来自生活的贫穷，也不是来自身体的痛楚，而是来自讽刺和挖苦的言语，它们像车轮一样，对一颗心一次又一次无情地碾压。因为有些人，只是活着，就已经竭尽全力。

记得曾经有一段时间，网上到处都有人攻击袁姗姗，刻毒的言辞，偏激的思维，可谓无所不用其极。

我问身边的一位姑娘："你为何讨厌袁姗姗？"

她回："因为我的同学都讨厌她啊！"

原来，这样的理由也可以成为理由，真是悲哀。

然而语言暴力每时每刻都在发生。在网络上，文字可以成为最锋利的刀子，杀人于无形，大家轻松地将手指放在键盘上，就能磨刀霍霍，向着一个不会反抗的陌生人。

人云亦云，落井下石，推波助澜，煽风点火……他们其中的很多人都没有思想，只有情绪，旁人一鼓动就是一场暴力的狂欢，沉浸其中，尽情发泄，完全可以"奋不顾心"。

选择温暖，比选择冷漠更难做到。

在生活中也一样。毒舌，刀子嘴，一口一个"贱人"，讥笑他人"玻璃心"，其实不过是因为你不曾感同身受。

你自诩性情所致，却不知是修养尚缺。

对待亲人，有多少自以为是的"差评"，就有多少自私和不成熟；

对待朋友，多一些理解和包容，少一些指责和批判，温情的宽慰总好过冰冷的刺痛和打击；

对待同事，远没有必要揪住一点小错误就讽刺、挖苦，将别人的自尊踩在脚下；

对待上门推销的人，用一个微笑地拒绝替换满脸冰霜的鄙夷；

对待发放传单的人，不喜欢也不要当场扔掉……

有一则小故事：

在茂密的山林里，一位樵夫救了一只小熊，母熊对樵夫感激不尽。有一天，樵夫迷了路，借宿到熊窝，母熊安排他住宿，还以丰富的晚餐款待了他。翌日清晨，樵夫对母熊说："你招待得很好，但我唯一不喜欢的就是你身上的那股臭味。"

母熊心里怏怏不乐，但嘴上说："作为补偿，你用斧子捶我的头吧。"

樵夫按要求做了。

若干年后，樵夫遇到母熊，问它头上的伤口好了吗，母熊说："噢，痛了一阵后，伤口就愈合了，然后我就忘了。不过那次你说过的话，我一辈子也忘不了。"

有一句话这样形容语言："表达爱意的时候是如此无力，表达伤害的时候又是如此锋利。"世间最难愈合的，莫过于言语的伤害，轻则可以改变一份感情，重则可以摧毁一个人的灵魂。

奥黛丽·赫本曾说：

若要优美的嘴唇，要讲亲切的话；

若要可爱的眼睛，要看到别人的好处；

若要苗条的身材，把你的食物分给饥饿的人；

若要美丽的头发，让小孩子一天抚摩一次你的头发；

若要优雅的姿态，走路时要记住，行人不止你一个。

这个世界已经足够冷漠，如果可以，我希望自己能在力所能及的范畴内，做一个温暖的人。

在遇到厌恶的言行时，能够在心里告诫自己，永远不要成为那样的人。

为何很多人，再好的衣服和化妆品也镇不住她身上那股戾气？因为冷言恶行，伤人更伤己。而内心传递出去的温情和善意，则会以各种各样的形式反哺给自身，比如你的气质，你的容颜，你的眼神，你的自我运气和人生格局。

在冷漠的世界里温暖地活着，也是我认可的一种成功。

PART 7

有些东西，是时间永远无法改变的。时间可以带走激情，带走欲望，却带不走一个人心底的爱。

世界在变
而你始终如一

你有没有爱过一个遥远的人

时间可以带走激情，带走欲望，却带不走一个人心底的爱。

十几年前，她在自习课上偷偷地听磁带，同桌捣她的手臂，告诉她班主任赵老虎来了。沉湎在歌声里的她本能地大声问："啊，赵老虎在哪里？"

一张寒光闪闪的脸，还有全班的窃笑。她低下头，一双手下意识地死死护住衣兜里的随身听，里面的磁带装着张信哲最新的歌。

班主任把她领到办公室，对她说："你考上三中，我就还给你。"

后来她真的考上了三中，也成为班上唯一一个考上省重点的学生。父母要奖励她，她一口气买了张信哲所有的磁带和歌碟。

赵老虎没有食言，不仅把当初没收的随身听还给了她，还附赠了一支钢笔。那一刻，看到他斑白的头发，她突然发现，他老了好多，而且也并没有想象中那么可恨和可怕。

再后来，她去北京上大学，从南到北，一路舟车，张信哲的歌始终是最好的陪伴。那时，他的《信仰》已经红遍了全国，他也成了很多女孩子心中的情歌王子。

她把他的海报贴在寝室的墙壁上，在心里喊他“阿哲”。她知道，自己与他隔着云水之遥，但这并不妨碍他成为爱的标尺。她知道，自己在还没有遇到爱的年纪里，就已经爱过了。

有一次寝室开卧谈会，她向室友们坦诚对未来恋人的憧憬：“他啊，最好有一张白净的脸，薄唇，温柔，安静，声线甘醇迷人，又清澈自然，如月下春风，过耳不忘。”

“山有木兮木有枝，心悦君兮君不知。”

可“君不知”又有什么关系？大雪纷飞的北方长夜，孤星照梦，万物静默成谜，她心底蕴藏着千般情愫，百种思绪，却也可以静谧深远得如同待风的春山。

大二那年，她和同学一起去看他的工体演唱会。万人迷醉的秋夜，几乎整条街道都在放他的歌。到了现场，交响乐款款流泻，大屏幕花瓣旋飞，他穿着一身白衣出现在舞台上，用绅士的微笑对着台下的观众说：“我担心会下雨，担心你们不会来……”台下的观众大声尖叫着“我爱你”，一浪高过一浪……

她突然就哭了，捂住脸，心尖一瓣一瓣地颤抖。来之前，她其实也想告诉他，有一个女孩，爱了他很多年。但到了现场，才恍然发觉，身边的人，哪一个不是爱了他很多年？

那一夜，她流着眼泪听完了他所有的歌。回来的路上，抹掉泪痕，抬头望夜空时，星光格外璀璨，如同大梦初醒，无比真实。

所以，她清楚地记得，那夜所有的星光，都不及一个人明亮。她对同学说："这样的夜晚，我想我这一辈子也不会有第二个。"

后来，她毕业，历经世事，寻寻觅觅，走走停停，恋爱，工作，远行，结婚，生子，最后陪伴在身边的人，虽没有好听的嗓音，却有一颗爱她的真心。

原来时间真的可以改变很多。从青涩懵懂到成熟克制，从闲情万种到世事沧桑。原谅了很多人和事，一颗心也变得柔软丰盈。

而他，也从一个人的巅峰时代，渐渐走了下坡路。身边很少有人再提起他，更多的人在说，他过气了。

是啊，很多人以为，距离和时间会让感情变得稀薄和虚幻，但只有经历过的人才知道，有些东西，是时间永远无法改变的。时间可以带走激情，带走欲望，却带不走一个人心底的爱。

爱和爱情，是两回事情。爱可以不问结果，爱一个人也永远不会过气。

“爱是一种信仰，把我带到你的身旁。”他在歌里唱。

多年后，她一个人回长沙看《我是歌手》，终于又等到他出场。一曲《信仰》，前奏响起，清凉又悱恻。他一开口，现场就沸腾了，很多人都在流眼泪，因为每一滴眼泪背后，都有一个故事。

就像相隔多年，她坐在大众评审席里，看着灯光下的他，依然会觉得心悸，仿佛年岁凝结。

往事一帧一帧地在脑海中播放：第一次在小镇上的音像店听到他的声音，第一次嗅到星空的气息，第一次为一个人心疼，第一次写日记，第一次抱着一张海报入睡……

那些曾经午夜梦回的旋律，烂熟于心的歌词，也全都化作了耳膜上的心跳，青春里的月光，如春山检阅春风，指针聆听时间。

这么近，那么远。

那天她问我：“你有没有爱过一个遥远的人？”

我说：“有。”

世间所有没有应答的爱都是遥远的，但是，即便如此，我们依然不会后悔。

我还记得第一次听朴树的《白桦林》，是在一个同学的家里。周末放学后，我们坐着公交车回去，又转乘摩的，穿过一条条幽暗的巷子，进入带着冰片花露水味道的房间。

窗外是小县城落寞的黄昏，她打开电视，往影碟机里嵌进一张 CD：

“静静的村庄飘着白的雪，阴霾的天空下鸽子飞翔，白桦树刻着那两个名字，他们发誓相爱用尽这一生……”

朴树的声音，是一种什么感觉呢？像全世界的雪都落在了心上。像黄昏时的绿光，气流抖动，寂静又恢宏，遇见过一次，就再也忘不掉了。

多年后，看到村上春树的话：“看你，有时觉得就像看遥远的星星。看起来非常明亮，但那种光亮是几万年前传送过来的。或许发光的天体如今已不存在，可有时看上去却比任何东西都有真实感。”

真是契合彼时的心境。那时，我去镇上买了硬壳的笔记本，用来抄他的歌词，字字句句，笔迹蜿蜒，如经历一场奇迹的旅程。

那不是梦，而是真实的日常。他离我很远，他也真切地存在于我的生活里，就像他的声音，可以在我所有的感官上刻上烙印，以至于很多年后，闻到某种气味，尝到某种味道，看到某个人，想到某个地点，都会想起他，想起自己的青春年少。

去年朴树发新歌，《在木星》：“君归来，沧浪明月，照多少沉浮过往，与故人重来，天真作少年……”

有人说听不懂，也有人说无须听懂。

我看到微博上有朋友写道：“一听泪下，如遇谶言，清晨洗漱时把水壶烧坏。”

曾收到一条私信，一个正在上高中的女孩子，告诉我她的梦想是考上某高校的导演系，因为她希望有一天，可以与最爱的李易峰合作。只是不知道，一心希望她考医学院的父母会不会理解。

我的朋友圈里，有一个小姑娘很喜欢五月天，她的签名档是：“逆风的方向更适合飞翔，我不怕千万人阻挡，只怕自己投降。”

她说，你们不会明白五月天对我的意义。于是，她很努力地赚钱，学吉他，弹五月天所有的歌，计划去看他们的每一场演唱会。

其实我们明白的，因为我们也曾拥有过少女时代啊。

《我的少女时代》里，林真心在多年后怀念徐太宇，感叹说：“青春总会因为一个人，开始闪闪发亮。”

我想，对偶像也是如此吧。少女时代的林真心因为徐太宇的一个约定，而成为青年时期的职场女王。如今的我们，不论站在哪里，多多少少也是决定于前路的因缘铺陈。

愿我如星君如月，日日流光相皎洁。虽然宇宙那么大，天穹那么宽，世间的千千万万星在旁人眼里，每颗都一样。

但我们知道自己的不同，我们也知道，一个人有了爱，以后的路就会不一样。

爱的备忘录：真巧啊，我也爱你

2015—2016 年的记录。感谢命运的优待，给了我两个可爱的女儿。今生母女一场，十分愉快。

1. 我在厨房做饭，妹妹站到门口，喊：“妈妈，妈妈。”我问她：“宁宁来做什么呀？”她回：“宁宁来看妈妈呀。”

2. 妹妹在吃面，我在一边工作。突然，她欣喜地喊我：“妈妈，你看我！”我笑眯眯地转过身，笑容却瞬间冻结在脸上，因为身后的这位大侠，把一碗面都扣在了头上。然后，那天下午，她又怀着激动的心情，抠掉了我一排的电脑键盘。

3. 姐姐给妹妹讲故事，把妈妈哄睡着了。

4. 要吃饭了，桌子上摆了一瓶啤酒。妹妹跑过来，爬到椅子上，看着啤酒，对我说：“妈妈，油好吃。”（她一直把瓶装的液体称为“油”。）我问她：“你是不是想吃呀？”

她一本正经地说："小朋友不能吃。"然后她把手指往酒瓶上探了探，又说："油好吃。小朋友不能吃。"

5. 下雨天，姐姐放学回来，从校服的贴身口袋里给妹妹摸出一颗颗桑葚，像揣着珍宝。

6. 和妹妹一起爬楼梯。她偷懒要抱，碎碎嘀咕道："妈妈，宁宁走不动了嘛。妈妈，有一个人抱不动自己嘛。"

7. "妈妈，我要钱。"妹妹跑到我身边，手掌摊开，小小的身体左右扭动着。"假的，假的，妈妈。"姐姐在一边挤眉弄眼。我立即心领神会，用手往口袋里夸张地摸了一把，说："好，钱给你！"妹妹接过我的"钱"，用手紧紧攥着，转身屁颠屁颠地跑到姐姐那里，说："姐姐，钱，我要QQ糖，我要海苔，我要，我要QQ苔。"

8. 妹妹讨好地拿着一根冰棒："姐姐你吃不吃？"姐姐跷起二郎腿，说："要问'老大，你吃不吃？'"妹妹笑嘻嘻地说："吃！"姐姐："不是啊，你要喊我'老大'！"妹妹："老大！"姐姐："再问我'你吃不吃？'"妹妹："我吃！"姐姐："不是，不是，你要问'你吃不吃啊，老大？'"妹妹被绕晕，举着她的胖手，委屈地说："吃，吃老大！"然后冰棒就那样化了。

9. 妹妹打开衣柜，惊喜地问："这件衣服是谁的呀？"我："姐姐的。"她有些不高兴："这件呢？漂亮的这件。"我："妈妈的。"她不死心："那这件呢？有花花的。"我："也是姐姐的。"她明显不乐意："为什么没有妹妹的？"

我："因为你还没有长到衣服要挂起来的高度啊！"

10. 姐姐大喊："妈妈，我拍死了一只蚊子！"过了一会儿，妹妹压低声音喊我："妈妈，快看，快点……"然后把手掌慢慢打开，"看，我拍死了一根头发！"

11. 妹妹和姐姐玩捉迷藏，姐姐说："好了，现在你倒数十下，就来找我吧！"妹妹得令，用手捂脸，说："倒数十下。"转过身来，大叫："姐姐，找到你了！"姐姐怒："说了要倒数十下，我还没藏好呢！"妹妹惊愕，又捂脸说："倒数十下。"姐姐大怒："喂，你怎么不倒数？"妹妹一脸委屈地说："人家明明'倒数十下'了嘛……"

12. 带妹妹去药店买药，付账时，她欣喜地跑过来拎袋子。我不给，她就生气，做委屈样，嘤嘤地哭："也不给我吃药……"营业员笑她，她恼羞，扭头就走，径直几步，又撞在玻璃墙上，"砰"的一声，绷不住，真哭了。

13. 姐姐期末考试得了第一名，去领通知单时，却一脸严肃。回家路上我问："为什么你今天像变了个人？"她说："我在练习'喜怒不形于色'。"

14. 妹妹不愿意上幼儿园，每去必哭。我悄悄问她："为什么要哭呢？"她说："我是不小心哭的呢。"

15. 妹妹用手指做成手枪，对着姐姐"PIU，PIU"。姐姐打她的手，她大惊："我的枪被你打坏啦！"

16. 姐姐问我："妈妈，你是文艺青年吗？"我在心里默默地比对了一下，摇摇头："不是啊。"她说："可是我觉得我是一个‘文艺小孩’，我们班上那么多的人，没有一个懂得我的心。”

17. 姐姐在外面要我亲她一下，我扭捏着，不好意思。她在日记本里疑惑地写道：“爱是什么怕羞的事情吗？我不这样认为。”

18. 姐妹俩在家里玩捉迷藏。妹妹用卷纸蒙住眼睛，姐姐躲在厨房。妹妹喊：“姐姐，你在哪里呀？”姐姐：“我在厕所啊！”妹妹一阵狂喜，开始扒拉厕所门：“姐姐开门啊！”姐姐哧哧笑起来：“你这个小笨蛋！”

19. 姐姐跟我吐槽：“为什么我们班上的女孩子都喜欢魔仙小蓝呢？我不想喜欢小蓝了。”我想起自己以前说不喜欢荷，其实是因为年少轻狂，见人人喜爱，我偏不爱。如今年纪越长，倒越觉得平常的可贵，而世间的每一种喜爱，都有各自的珍贵。

20. 妹妹抱着她的布娃娃，像个小妈妈，心情好的时候，亲了又亲，还唱唱咧咧：“我的小宝贝啊——”心情不好的时候，她就对着布娃娃叹气：“你这孩子，真让人操心啊！”

21. 无意中听到姐姐在跟她的同学说普通话，字正腔圆，感觉很不错。我问她：“我听到你说普通话了哦，那个，你在家里怎么不说呀？”她一脸尴尬，赶紧大笑着掩饰：“我不太好意思说。真是……哈哈，我们谁跟谁呀，说普通话也太见外了嘛。”

22. 清晨七点半，晨光透过玻璃窗子，照在妹妹身上。

她侧着身体，耳郭因光线而变得半透明。我把鼻尖抵在她的后背上，瓮声瓮气地喊她：“宝贝？”她应声：“哎。”我又喊：“宝贝？”她心照不宣地笑着应声：“哎，是我啦。”

23. 妹妹被姐姐欺负，倒地嚎起来，双眼紧闭，仰天痛哭，整张脸上只看得见一个大嘴巴和牙床。我在厨房大声喊：“谁在欺负妹妹啊？我胖揍她！”妹妹一秒止哭，拦在姐姐面前，满脸义气：“谁要胖揍姐姐啊？”

24. 姐姐在作文里写：“妈妈，虽然你很笨，经常犯错，经常误会我，但是我依然很爱你。”我悄悄批注：“真巧啊，我也爱你。”

岁月的留白

纷繁错杂的生活中，何尝不需要留白？

闲时翻书，遇见南宋马远的《寒江独钓图》。整个画面寥寥数笔，茫茫天地间，仅一孤舟，一钓叟，几点水纹，除此之外，满卷皆虚空。

整幅画落在眼里，全是清寒之意，却是这样能入怀的好，想来那作画的人，将笔墨收住了，又将境界铺开了。这观画的人，一点点地，循着深深浅浅的墨痕，循着升腾的幽寂之气，心中的山水也一点点地跑出来了。

那跑出来的，全是自己的山川，自己的流水，巍峨俊秀，空山俱静，烟波浩渺，水月俱沉。这是留白。

悠然一境，不许尘侵，无胜于有，方寸天地宽，真是合我的意。

像读一首诗，文字之外是意境的张力，心中起伏鼓荡，偏又说不出哪一个恰到好处，甚微甚妙，只余叹息，于此深味。

听一首曲子，听到那一层微微的寒凉之意，萦绕在眉睫上，我听不懂，但也无须懂。

像我在黄昏里的山村洗头，一盆热水，一寸一寸地搓着头发，心是惆怅的，也是明净的。

可是我知道，心绪中有留白，它也是一寸一寸地，正匍匐在我湿湿的头发里，萦绕在微微的雾气中。

像在夜间，与一个人静静相对，坐到更深了，就一起去看雪。雪花一片片地落，落在树枝上，发出微微压枝的声音。落在暖暖的脖颈里，一点点地，在皮肤上化掉。雪地里的残月升起来，就在月下沉默地点烟。视线之内，除了白，还是白。烟头在清虚冷寂的空气中一明一灭，两颗心怦怦地跳着，却静到了极处。

忆起十几岁的时候，心里藏着一个喜欢的人。学他的样子抽烟，临摹他的字迹，去闻他用过的书本，却始终拒绝和他说一句话。不能说出，也说不出。

现在，依然喜欢美好单薄的少年。喜欢看他们无辜的眼神里散发出来的荷尔蒙因子，带着月光雪地里的青草气息，微微的迷人，微微的忧伤。

这样的喜欢，是用来藏的，只属于自己。原来，一直在体内，带着青春的清凉和寂寞，如时间的留白。

纷繁错杂的生活中，何尝不需要留白？日日相对的两个人，观望着日益堆积起来的疲惫，呼吸着相互纠缠过的空气，便有了渐次而来的窒息之感。这是一件多么可怕的事情。那么，为何不多留出些空间，给对方，也给自己。

有些话，不说，比说了好。有些事，不做，比做了好。太浓腻了，也就禁锢了，也就乏了。如画，笔墨过于多了，整张纸就废了；亦如月，过于满了，又该缺了。盈盈然即可。给彼此一个新的天地，给心憩息。

日暮苍山，繁花落空。这样的季节，大地收紧了香息，像一只大鸟，收紧了翅膀。连雪也停止了。

有无声的风，托住了夜空。喧嚣与人语，绕行至云深之处，蓦地绝尘而去。天地间，没有虫鸣，没有灯火，没有观月赏雪的人。可视之处的光阴里，悬浮下沉的，尽是幽秘，尽是古旧，宛若虚空。而远方，一枚种子正在泥土之中憨憨沉睡，微弱的鼻息比盛夏的花香更动人。

几点星光，眨着眼，似在聆听。除了寂静，还是寂静。

这是岁月的留白，已经铺开了。

谁会把你的照片放在钱包里

能够把你的照片放在钱包的人，一定是珍爱你的那个人。

微信群里有人问："要怎样才算爱一个人（被一个人爱）？"

这样的问题，丢在女人堆里，最容易一石激起千层浪。毕竟，对于爱情这回事，人人心里都有一本经。

"我感冒的时候，他放下工作给我熬中药，一小匙、一小匙地喂给我喝。"

"他负责赚钱养家，我负责貌美如花。"

"愿意为他付出，不管是钱，还是时间；不管是情，还是身体。"

"爱我的灵魂，而非容貌。"

“对方开心，你幸福；对方受伤，你心疼。”

“端屎端尿。”

“爱他就像爱生命。”

……

我想了想，回了一条：“把对方的照片放在钱包里。”

或许在很多人看来，这一条放在爱情里并不足以惊天动地，然而于我而言，能够把你的照片放在钱包的人，一定是珍爱你的那个人。

很小的时候，大约 90 年代初，我看到邻家姐姐用硬纸盒和挂历制作钱包——长方形，两侧有折页，里面装着仕女香卡、零钱，还有男生的照片，一打开暗扣，芳香扑鼻。

钱包里的男孩子，留着中分的发式，有几分郭富城的帅气，是姐姐的校友，住在我们隔壁的镇子上，与她相互喜欢，经常通信。

不过，他们还是分开了，原因无从知晓。只记得当时姐姐把自己关在房间里，很大声地哭，然后把信件全部烧毁，包括那个钱包。

一段时间后，那个男孩子去了北方上大学，姐姐也随之南下，并很快结婚，带回来的姐夫，眉眼竟与旧人有几分相似。

后来，我的照片也被人放进了钱包。

二十岁与 D 恋爱，清水芙蓉的年纪，在照片里浅浅地笑着，眼神也如春天的湖泊，可以映照出天时、地利、人和的幸福。曾经的我们，都是那样毫无保留地爱着对方。

H 小姐曾跟我说起她年轻时的一段偶遇。

那年她大学毕业后，独自一人去湘西旅游，却不小心在山道上扭了脚。幸得一位路过的男士照顾，将她背在身上，走了很长的一段山路。

她说："那样的年纪，要爱上一个人，一段山路就足够了。"

更何况，他又陪她去药店，还在路上给她买好看的布娃娃。他告诉她，他在北方经商，这一次是只身来湘西度假，有完全属于自己的三天。那三天，他每天都去酒店接她，送她，然后两人一起到景区闲逛。

长河流动，寂静星空，他们背靠背坐在山坡上聊天。她惊叹于他的博学，也沉醉于他的魅力。那一刻，她甚至打算要到他的城市去工作，还想象着他们之间的故事的诸多种可能……

然而让一切戛然而止的，竟是她无意看到他钱包的那个刹那，女人的直觉告诉她，那照片里的人，正是他优雅的妻。

"一个男人可以把十个女人放在心里，无声无息，却只能把一个女人放在钱包里，昭告天下。所以，这一份感情，我选择还没有开始就结束。"

前几年的某一天，我在菜市场买黄鳝。那时正值下班高峰期，水产店的生意很不错。过秤，宰杀，打包，不一会儿店门口就排起了长队。

站在我前面的是一个中年男人，微微地发了福，面相上便有了乐天知命的意味。印象里，他好像是附近银行里的职工，喜欢嚼槟榔，嘴巴永远在动，和店家说话时，空气中也流动着槟榔渣子的气息。

付款时，我看到他的钱包里夹着一张女人的照片，是打印出来的那种大头照，照片里的人，妆容有些过时了，但笑容真实如新。

“我老婆，好看吧？”见我在端详照片，他干脆把摊开的钱包递过来，很大方地问我。

我点头，掩饰了自己的不好意思：“好看啊！”

“就是啊！”他毫不客气地附和，末了，又告诉我，“爆黄鳝的时候，锅底加一点腊肉最好啦，七分肥，三分瘦，提鲜还去腥……对了，再放点水芹，我老婆最爱吃了”。

说着，他手中顺便接过一袋宰杀好的鳝鱼，整张脸显现出流光溢彩的甜蜜。

“好好好，我一定试试。”

不知为何，那一刻，在蝇虫飞舞、污水横流的菜市场里，他脸上璀璨的甜蜜竟没有让我觉得有任何的不合时宜，相反，落在眼里，倒是反而自然又贴切，瞬间就触动了心底的那一根弦——以至于后来一吃黄鳝，就会想起他的话，以及他打开钱包时眼里的爱意与温柔。

“我一生渴望被人收藏好，妥善安放，细心保存。免我惊，免我苦，免我四下流离，免我无枝可依。”

和世间的很多女人一样，年少时的我，也曾有过这样的幻想，希望有一个人会爱我、懂我，把我的照片放在钱包里，贴身保管。

成年后经历了世事，被爱情所伤，为爱情所苦，又一度认为，这样的句子，不过是女人给女人画的饼。

然而不是。

你或许自认为千帆过尽，看淡爱情，却不得不承认，这世间依然有美好的爱情，真真切切地存在着，鲜活着，在风花雪月的浪漫里，在柴米油盐的朴实里，也在根深蒂固的记忆里。

没有人能够逃脱孤独

一个人逛街，一个人吃饭，一个人旅行，一个人做很多事。一个人的日子固然寂寞，但更多时候是因寂寞而快乐。极致的幸福，存在于孤独的深海。在这样日复一日的生活里，我逐渐与自己达成和解。

—— 山本文绪

我人生中第一次感觉到孤独，大约是在六七岁的时候。

农忙季节的黄昏，我一个人坐在小耳屋里煮饭，眼睛巴巴地望着门外，盼望父母快些从田里回来。

外面的天色又深了一层，灶膛里的火光更亮了。火光越亮，我就越害怕。在乡间，鬼神之说布满了每一个角落。那些老掉牙的故事本是大人们茶余饭后的消遣，伴着他们亦真亦假的表情，就像剔出菜渣子的牙签，是可以随手丢弃的。而我听在耳朵里，却稳稳当当地生了根，发了芽，长成了一片带刺的荆棘。

那时，我经常狠狠一闭目，就能看到漫天的星星——不，应该比星星要小一号，是一些细碎的、颤动的、游走的、旋转的、让人失重的密集的光点，无边无涯，向我涌来，接着是溺水似的晕眩。

我不知道别人有没有这种感觉，或许关乎一些病理的因素，但是那时候，它带给我的那些无师自通的幼小的孤独和恐惧无以复加。

我害怕的其实是奶奶。邻居们逗我："奶奶还在屋里呢，你听，她在屋里开柜子了。"

我听得头皮阵阵发麻，头发里好像有蛇芯子在咝咝吹气，于是大声嚷嚷："没有，没有，不是，不是，我的奶奶在山上！"

奶奶就是在隔壁的小屋子去世的，整间屋子都是关于她的记忆。她走的时候，身子蜷在一起，僵硬着，喉咙里含着一口浓痰——浓痰卡在里面吐不出来，咽不下去，她就那样窒息而死。

妈妈说，给奶奶换丧服的时候，她的喉咙里还一直咕噜作响，像溺水的猫。

十来岁，一个人躺在平房的屋顶上看天，身下是烈日的余温，头顶是流动的银河，天地辽阔，山河静谧，会开始思索一些事情。比如生和死，远方和未来，然后从中得到顿悟：自身之于世界，一如星辰之于宇宙，是何其的微弱渺小……

十三四岁，爱上层楼的年纪，接受了情爱的启蒙，就很快有了秘密。在心里模拟一个喜欢的人，辗转而思，思而不得，很多事情不再愿意跟家人提及、分享和分担，彼此间渐渐有了隔膜。那些微酸的心事，宁愿自己躲在角落里一小口、一小口地舔舐，咀嚼，吞咽，消化……比如看完一本言情小说后会蹲在田畦上掉眼泪，一滴又一滴，落在潮湿的泥土里，没有一点声音。田野间疯长的水稻，没过了我的身子，脚下的野花，寂寂地开着，没有谁会懂得一个少女的爱和孤独。

十八九岁，在异乡生活。

一个人吃饭，胃口奇好，对新鲜的食物有强烈的占有欲。

一个人谋生，多半时间都待在仓库里整理纸箱，从事最简单的体力劳动，险些退化成单细胞动物。

一个人行走，在古老的巷子里晃荡，坐漫长的公交车穿越城市，玻璃上映现出自己的脸，熟悉又陌生。

一个人去网吧，和遥远的人聊天，听了很多难辨真假的爱情故事，渗入记忆后再回忆起，会连自己也混淆。

一个人逛街，去批发市场买廉价的衣服，在心里暗暗抵触鲜艳的颜色。

一个人去街角租书看，“飞雪连天射白鹿，笑书神侠倚碧鸳”，每一本都读过，刀光剑影，爱恨情仇，整夜沉迷在虚构的文学世界里，一颗心匹马天涯，良辰孤往，却不知是蹉跎。

二十岁那年，相亲，恋爱，经过几个月的异地恋后匆匆结婚，接着从一个异乡，到另一个异乡。

也曾以为两个人的生活会比一个人更好过，毕竟牵手相爱的温情那么实在，要押上一个未卜的漫漫余生也心甘情愿。然而，还是逃不掉俗世爱情故事的窠臼。

将近十年的磨合期，让我尝遍了生活中的酸甜苦辣咸。

争吵，负气，离家，欲绝的伤心——

曾经一个人在深夜的街头痛哭，茫然四顾，不知这声色斑驳的世间，明日有何可恋之处。

跟朋友打电话，喋喋不休，语无伦次。

数月暴瘦十斤，失眠，异食癖，需要看心理医生。

站立在人群中，仿佛是被遗弃在孤岛上，孤独如影随形，深入骨髓。

一直到最近几年，才慢慢地做到与婚姻平静相处。余生还有很长，我终于可以不再害怕。

这些年，我阅读，写作，在文字中远行，与自己的内心独立相处，生活便随之有了转圜的余地。

原来，自身才是一切症结的来源。

行走于世间，与自己沟通，应该是一种必备的能力。一个人与自己相处好了，与外界相处起来，关系总不会太差。

孤独并不可怕，更不可耻。

于是，面对孤独时，也不再逃避，不再拒绝了，而是与它坦诚相待，相依相伴。就像曾经恐惧过的很多事情，生老病死，消逝别离，空虚残缺，都可以满怀耐性地去理解和接纳。

《无量寿经》言：“人在世间，爱欲之中，独生独死，独去独来。当行至趣，苦乐之地，身自当之，无有代者。”

所以我相信，黑夜孤寂，白昼如焚，孤独是与生俱来的情感，而非情绪，渗透于喜怒哀乐，无论是生如蚁，还是美如神，都没有谁能够逃脱。

很多时候我甚至在想，是不是一个人生命的质量，也会取决于面对孤独的方式？

有人将孤独视为风，在无涯的时间里，且听风吟。

有人将孤独视为药，用以治愈自身，却只能内服，不可外敷。

有人将孤独视为火，为生命驱走黑暗，带来勇气和能量。

有人将孤独视为植物，在内心的土壤里扎下根须，也为灵魂投下绿荫。

有人将孤独视为猛兽，穷其一生，与之角逐厮杀，遍体鳞伤。

有人将孤独视为礼物，尽管有时忘了绑上蝴蝶结，但还是装着一个如假包换的精神世界。

…………

而孤独对我来说，更像是水。

童年时，孤独是大河，暗流涌动，让人惧怕。

青春时，孤独是无人问津的古井，荒烟蔓草，清凉幽深。

成年后，孤独是江湖，星月相照，无处可退。

这些年，孤独是心底的海洋，静默，内敛，宽宏，富足，纳记忆百川。

在这片海里，我甘愿做一只笨重的蚌，有着坚硬的外壳、柔软的内质。

感谢时光赐我钝痛和慈悲。怀抱中这枚生活的沙砾，普通之极，却有一天可以成为独特的珠贝。